Tucholsky   Wagner   Zola   Scott   Sydow   Freud   Schlegel
Turgenev   Wallace   Fonatne

Twain   Walther von der Vogelweide   Fouqué   Friedrich II. von Preußen
Weber   Freiligrath   Frey

Fechner   Fichte   Weiße Rose   von Fallersleben   Kant   Ernst   Richthofen   Frommel

Fehrs   Engels   Fielding   Hölderlin   Tacitus   Dumas
Faber   Flaubert   Eichendorff

Feuerbach   Maximilian I. von Habsburg   Fock   Eliasberg   Zweig   Ebner Eschenbach
Ewald   Eliot   Vergil

Goethe   Elisabeth von Österreich   London
Mendelssohn   Balzac   Shakespeare
Lichtenberg   Rathenau   Dostojewski   Ganghofer
Trackl   Stevenson   Doyle   Gjellerup
Mommsen   Tolstoi   Hambruch
Thoma   Lenz   Hanrieder   Droste-Hülshoff
Dach   Verne   von Arnim   Hägele   Hauff   Humboldt
Reuter   Rousseau   Hagen   Hauptmann
Karrillon   Garschin   Gautier
Damaschke   Defoe   Hebbel   Baudelaire
Descartes   Hegel   Kussmaul   Herder
Wolfram von Eschenbach   Dickens   Schopenhauer
Bronner   Darwin   Melville   Grimm   Jerome   Rilke   George
Campe   Horváth   Aristoteles   Bebel   Proust
Bismarck   Vigny   Barlach   Voltaire   Federer   Herodot
Gengenbach   Heine
Storm   Casanova   Tersteegen   Gilm   Grillparzer   Georgy
Chamberlain   Lessing   Langbein   Gryphius
Brentano   Lafontaine
Strachwitz   Claudius   Schiller   Kralik   Iffland   Sokrates
Katharina II. von Rußland   Bellamy   Schilling
Gerstäcker   Raabe   Gibbon   Tschechow
Löns   Hesse   Hoffmann   Gogol   Wilde   Gleim   Vulpius
Luther   Heym   Hofmannsthal   Klee   Hölty   Morgenstern
Roth   Heyse   Klopstock   Kleist   Goedicke
Luxemburg   Puschkin   Homer   Mörike
Machiavelli   La Roche   Horaz   Musil
Navarra   Aurel   Musset   Kierkegaard   Kraft   Kraus
Nestroy   Marie de France   Lamprecht   Kind   Kirchhoff   Hugo   Moltke
Nietzsche   Nansen   Laotse   Ipsen   Liebknecht
Marx   Lassalle   Gorki   Klett   Ringelnatz
von Ossietzky   May   Leibniz
vom Stein   Lawrence   Irving
Petalozzi   Platon   Knigge
Sachs   Poe   Pückler   Michelangelo   Kafka
Liebermann   Kock
de Sade   Praetorius   Mistral   Zetkin   Korolenko

Der Verlag tredition aus Hamburg veröffentlicht in der Reihe **TREDITION CLASSICS** Werke aus mehr als zwei Jahrtausenden. Diese waren zu einem Großteil vergriffen oder nur noch antiquarisch erhältlich.

Symbolfigur für **TREDITION CLASSICS** ist Johannes Gutenberg (1400 — 1468), der Erfinder des Buchdrucks mit Metalllettern und der Druckerpresse.

Mit der Buchreihe **TREDITION CLASSICS** verfolgt tredition das Ziel, tausende Klassiker der Weltliteratur verschiedener Sprachen wieder als gedruckte Bücher aufzulegen – und das weltweit!

Die Buchreihe dient zur Bewahrung der Literatur und Förderung der Kultur. Sie trägt so dazu bei, dass viele tausend Werke nicht in Vergessenheit geraten.

Kriegsaufsätze

Houston Stewart Chamberlain

Impressum

Autor: Houston Stewart Chamberlain
Umschlagkonzept: toepferschumann, Berlin

Verlag: tradition GmbH, Hamburg
ISBN: 978-3-8424-1355-9
Printed in Germany

Houston Stewart Chamberlain

Kriegsaufsätze

Nur Waffen schafft! Geschaffen habt ihr Alles dann! (Goethe)

Geheimrat Max Koch

Kommandeur des I. Bataillons des 6. Bayerischen Landwehr-Regiments, Ritter des Eisernen Kreuzes

verehrungsvoll gewidmet

Hochgeschätzte Freunde hatten zu Beginn des Krieges den Verfasser gebeten, sich an die Engländer zu wenden: es gelang ihm nicht, eine Zeile zu Papier zu bringen. Sobald er dagegen aufgefordert wurde, deutsch zu Deutschen zu reden, löste sich ihm die Zunge, und seine Stimme fand so warmen Widerhall, bis aus den Schützengräben heraus und von dem Deck der Kampfschiffe herab, daß er in schweren Tagen daraus Trost schöpfte, zugleich die Anregung, diesen ihm persönlich unbekannten Freunden und anderen Gleichgesinnten die betreffenden Aufsätze gesammelt zu überreichen. Erschienen sind diese Aufsätze im Verlauf der Monate September und Oktober 1914 in der Internationalen Monatsschrift, dem Volkserzieher, der Deutschen Tageszeitung, der Täglichen Rundschau; nur »Deutschland« war bisher ungedruckt. Der Titel »Kriegsaufsätze« soll betonen, daß diese Gedankengänge und die Worte, in denen sie Gestalt zu finden suchten, aus dem gewaltigen Augenblick geboren sind, der uns Tag und Nacht schweigend umfängt, zugleich uns über uns selbst hinaushebend und uns den Atem raubend; das möge sowohl der Eigenart zur Erklärung, wie den Unzulänglichkeiten zur Entschuldigung dienen.

Bayreuth, 28. Oktober 1914

H.S.C.

Deutsche Friedensliebe

Siehe an die rechten Krieger, die zücken nicht bald, trotzen nicht,
haben nicht Lust zu schlagen; aber wenn man sie zwingt, daß sie
müssen, so hüte dich vor ihnen, so scherzen sie nicht. (Luther)

Für stilistisch kunstvolle Übungen hat in diesen heilig ernsten
Tagen kein Mensch Sinn; neben der Hingabe des Lebens fürs Vaterland klingt selbst demosthenische Beredsamkeit hohl. Nur *Tatsachen*
besitzen heute für uns Interesse. »Tatsachen«, schreibt Carlyle,
»übertreffen alles Denken; neben ihnen sind Worte ein bloßes
Stammeln und Stottern.« Doch, wie kommen wir zu den Tatsachen?
Die materiellen, ja, die drängen sich uns auf; wie aber fangen wir es
an, die intellektuellen und moralischen Tatsachen zu erfassen? Die
ungeheure Tatsache des europäischen Krieges drängt sich uns Tag
und Nacht auf; welche Tatsache aber liegt diesem Kriege zugrunde?
Wer hat ihn gewollt? Die Feinde Deutschlands behaupten, Deutschland sei der Störenfried, es werde in Europa keine dauernde Ruhe
geben, solange Deutschland nicht vernichtet sei: woher stammt
dieser Wahngedanke? Wie ist es möglich, die offenkundige Wahrheit – die »Tatsache« – den Blicken von Millionen zu verbergen?
Wer Tatsache sagt, setzt Wahrheit voraus. Eine erlogene »Tatsache«
ist ein Nichts, das »*ens imaginarium*« Kant's, »leere Anschauung
ohne Gegenstand«; gerade dieses Nichts aber vermag bisweilen
dämonische Gewalt über die Vorstellungen der Menschen zu gewinnen. Durch die Presse, die so viel zur Verbreitung der Wahrheit
beizutragen vermag, ist in den Händen einzelner die Lüge zu einer
Weltgewalt ohnegleichen herangewachsen; wir erleben es drastisch
in den Kriegsnachrichten ausländischer Zeitungen, und doch, wie
harmlos sind erlogene Siegesnachrichten im Vergleich mit der Vergiftung der öffentlichen Meinung ganzer Nationen durch planmä-
ßig angelegtes, jahrelang systematisch durchgeführtes Lügen! Oskar
Wilde schrieb einmal einen Aufsatz über »Die Kunst des Lügens«;
seine Landsleute haben es seither in dieser Kunst weit gebracht.
Nicht etwa als wären die Staatsmänner früherer Zeiten den geraden
Weg offener Ehrlichkeit gewandelt; es stand aber der Schlaue wider
den Schlauen, der Listige wurde überlistet, und so kann man das
Falschspiel eines Richelieu z. B. in einem gewissen Sinne ein »redli-

ches Falschspielen« nennen. Jetzt dagegen werden völlig Arglose irregeleitet. Die öffentliche Meinung kann heute kein Staatsmann entbehren; einen Krieg zu führen ist unmöglich – unmöglich wenigstens westlich der Düna –, wenn nicht weite Schichten des Volkes von dessen Notwendigkeit überzeugt sind; und da nun kein zivilisiertes Volk der Erde aus freien Stücken sich Krieg wünscht, so muß ihm – was Richelieu noch nicht zu tun brauchte – die Notwendigkeit des Krieges plausibel gemacht werden. Hier tut sich das Entsetzliche auf: die Lüge wirkt genau so stark wie die Wahrheit, denn sie wird geglaubt. Es genügt, eine gewisse Anzahl weitverbreiteter und daher einflußreicher Zeitungen zu gewinnen, sie einer einheitlichen Leitung zu unterstellen, und in wenigen Jahren ist das Ziel erreicht. Wohl niemals in der Weltgeschichte wurde die Irreführung eines ganzen Volkes so schamlos, so ruchlos und so geschickt-schlau angelegt und durchgeführt wie die Irreführung Englands in Bezug auf Deutschland. Diese Irreführung trägt die Schuld an dem jetzigen Krieg. Von Anfang an ist England die treibende Macht gewesen; England hat den Krieg gewollt und herbeigeführt; England hat die Entfremdung Rußlands von Deutschland bewirkt, England hat Frankreich unablässig aufgehetzt. Möglich wurde diese frevelhafte Politik einzig durch berechnete, systematische Irreführung des englischen Volkes. Eine Handvoll Männer waren es, die, bei kaltem Blute, zur Förderung materieller Interessen, vor etlichen Jahren dies beschlossen. Die treibende Kraft war ein König, die geistige Kapazität ein seelenloser, verschlagener Diplomat, der dem alten englischen Grundsatz huldigt, in Staatsgeschäften seien Heuchelei und Lüge die besten Waffen; zum »Manager« der Irreführung innerhalb Englands erwählte man einen geschickten Journalisten, dem jede Meinung gleichgültig war, solange er dabei Geschäfte machte. Schon damals besaß er Blätter der verschiedensten Richtungen: er erwarb ihrer immer mehr; zuletzt ging sogar die Times, deren Richtung er schon lange bestimmte, in seine Hände über; heute – unter einem Lordstitel paradierend, der seinen wirklichen Namen verbirgt sowie seine unenglische Abstammung – macht er mit den Engländern, was er will. Um nur eines zu nennen: Schon seit Jahren sind die Berichte des Timeskorrespondenten in Berlin eine wahre Schmach; an positiven und an negativen Lügen hat dieser gewissenlose Mensch – auf dessen feiges Haupt ein gut Teil von allem Jammer dieses Krieges fällt – das Unglaublichste geleistet;

mehrmals fragte ich, warum man den Elenden nicht mit Peitschenhieben von Berlin bis zur Grenze jage; immer hieß es: »Es gibt kein Gesetz gegen das Lügen.« Dieses Gesetz muß jetzt gemacht werden: Lügner, die den Frieden Europas gefährden, müssen gehängt werden!

Und nun, nach der erlogenen Tatsache des kriegwollenden Deutschland die wahre Tatsache: Deutschland als einziger Friedenshort. Hierüber mag das Zeugnis eines Ausländers einigen Wert besitzen.

Seit 45 Jahren verkehre ich vorwiegend mit Deutschen, seit 30 Jahren lebe ich ständig in deutschen Landen; die Liebe zu deutscher Art, deutschem Denken, deutscher Wissenschaft, deutscher Kunst schärfte mir das Auge, ohne mich blind zu machen; mein Urteil blieb völlig objektiv und an gar Manches, was mir beim ersten Betreten deutschen Bodens nicht behagte, habe ich mich noch immer nicht gewöhnen können. Mit Frankreich seit frühester Kindheit verwachsen, England durch Blutsbande angehörig, blieb ich vor parteiischer Verblendung bewahrt. Freilich habe ich stets zurückgezogen gelebt und suchte nicht durch Gaffen und Vordrängen Volk und Land kennen zu lernen; von einiger Entfernung erblickt man aber die Dinge klarer als aus der Nähe; aus der Stille vernimmt das Ohr deutlicher als mitten im Wirrwarr. Und mein Zeugnis lautet dahin: *in ganz Deutschland hat in den letzten 43 Jahren nicht ein einziger Mann gelebt, der Krieg gewollt hätte, nicht einer.* Wer das Gegenteil behauptet, lügt – sei es wissentlich, sei es unwissentlich.

Mir wurde das Glück zuteil, Deutsche aus allen Gauen und aus allen Ständen gründlich genau kennen zu lernen, von des Kaisers Majestät an bis zu braven Handwerkern, mit denen ich tagtäglich zu tun hatte. Ich habe Schulleute, Gelehrte, Kaufmänner, Bankiers, Offiziere, Diplomaten, Ingenieure, Dichter, Journalisten, Beamte, Künstler, Ärzte, Juristen intim gekannt: niemals habe ich einen Kriegslustigen oder genauer gesprochen einen Kriegslüsternen angetroffen. In England dagegen fand ich bei meinen letzten Besuchen, 1907 und 1908, allerorts einen geradezu erschreckenden blinden Haß gegen Deutschland und die ungeduldige Erwartung eines Vernichtungskrieges. Die Abwesenheit jeglicher Animosität gegen andere Völker ist ein auffallendes Kennzeichen der Deutschen –

und zwar der Deutschen allein. Sie pflegen eher nach der Seite der übertriebenen Anerkennung fremder Verdienste zu irren. Außerdem weiß jeder Deutsche, daß er bei der geographischen Lage seines Landes von einem Kriege alles zu fürchten und wenig zu hoffen hat. Wie sollte ein Volk, bei welchem Industrie, Handel und Wissenschaft von Jahr zu Jahr immer höher blühen, wie dies im Deutschland der letzten 43 Jahre der Fall war, Krieg herbeizetteln wollen, der alle drei vernichtet?

Ich überschreite den mir zugemessenen Raum, übergehe darum gar vieles und beschränke mich heute auf das eine: ich will nur noch von Kaiser Wilhelm reden. Nur er könnte als Einzelner eine ausschlaggebende Wirkung ausgeübt haben. Ich bin dem Kaiser nicht oft, doch unter besonders günstigen Umständen begegnet: außerhalb der Hofetikette, zu zwanglosem Meinungsaustausch, unbelauscht. Nie habe ich ein Wort des Monarchen wiederholt; nicht, daß er mir Geheimnisse anvertraut hätte, sondern weil unsereiner die mögliche Wirkung eines Wortes für einen Mann in so exponierter Stellung nicht vorauszusehen vermag: auch heute will ich von dieser Maxime nicht abweichen. Doch begehe ich gewiß keine Indiskretion, wenn ich sage, daß in dieser bedeutenden Persönlichkeit zwei Züge mir über alles bemerkenswert erschienen, als die zwei »Dominanten« ihres ganzen Fühlens, Denkens, Handelns: das tiefe, nie weichende Gefühl der Verantwortung vor Gott und – hierdurch eng und streng bedingt – der energische, herrische, ja – wenn es nicht zu paradox klingt – der ungestüme Wille, Deutschland den Frieden zu bewahren. Deutschlands Macht – die seiner Fürsorge so viel verdankt – sollte nicht Krieg heraufbeschwören, vielmehr den Mißwollenden Frieden aufzwingen. Seine Taten beweisen es ja; denn wo auch in den letzten zehn Jahren die Situation für Deutschlands Ehre fast unerträglich ward – und dafür sorgte England nach Möglichkeit –, er war's, der Kaiser, der immer wieder den Frieden durchsetzte. Nicht etwa, daß es in Deutschland eine Kriegspartei gegeben habe; das ist eine Times-Lüge; wohl aber gab es verantwortungsvolle Staatsmänner und Soldaten, die mit Recht sagten: wenn England und seine Kumpane Krieg um jeden Preis wollen, dann lieber sofort. Der Kaiser aber konnte bei seinem Gotte dieses Argument nicht durchsetzen; er stieß das Schwert in die Scheide zurück. Kein Wunsch – dessen bin ich innerlichst überzeugt

– überwog bei Wilhelm II. den einen, auf seinem Sterbebett sich sagen zu können: ich habe meinem Lande unverbrüchlich den Frieden bewahrt, die Geschichte wird mich den »Friedenskaiser« nennen. Schenkt aber Gott den deutsch-österreichischen Waffen den Sieg, den vollkommenen, niederschmetternden Sieg – was wir alle von ihm erflehen, auch wir Nichtdeutschen, insofern uns das Wohl und die Kultur der gesitteten Menschheit höher steht als nationale Eitelkeit – dann, aber auch nur dann, genießt Europa eines hundertjährigen Friedens, und der Wunsch des großen und guten, von seinen Standesgenossen auf fremden Thronen so schmählich betrogenen Fürsten wird doch noch in Erfüllung gehen, glorreicher als er es sich gedacht hatte, zugleich ganz Deutschland zur Rechtfertigung vor Verleumdung und Lüge: erst recht wird er dann »Friedenskaiser« heißen, da er und sein Heer als ihr ureigenes Werk den Frieden geschaffen haben werden.

Bayreuth, 2. September 1914.

Deutsche Freiheit

Freiheit ist Menschenwerk. (I.Kant)

Auffallend häufig begegnet uns in ausländischen offiziellen Kundgebungen und Zeitungsaufsätzen die Behauptung: Deutschlands Feinde kämpften für die Freiheit und wider die Tyrannei. Schon lange wird die Meinung durch die Welt getragen: wohin es kommt, vernichtet Deutschland Freiheit. Auch ernste Männer habe ich angetroffen – z.b. Gelehrte in England und in Frankreich – welche warme Sympathie für deutsche Wissenschaft und Litteratur hegten und dennoch meinten: politisch wäre es ein Unglück, wenn Deutschlands Einfluß in Europa zunehmen sollte; denn dann wär's aus mit der Freiheit. Daß König Georg V. in seinem Manifest an die englischen Kolonien diese Phrase wiederholt hat, würde an sich nicht viel besagen; denn dieser Monarch fand bisher so wenig Muße für seine humanistische Ausbildung, daß er vor wenigen Jahren den Namen Goethe noch niemals gehört hatte; wir erfahren aber daraus, wie sehr diese Behauptung zu einem Gemeinplatz geworden ist. Versuchte ich nun öfters im mündlichen Disput die entgegengesetzte Ansicht überzeugend vor Augen zu führen – Deutschland seit Jahrhunderten die eigentliche und einzige Heimat menschenwürdiger, menschenerhebender Freiheit – so gelang es mir nicht, Verständnis zu finden oder zu wecken; Engländer und Franzosen – auch gebildete – denken nicht nach über das Wesen der Freiheit, über ihre unvergleichliche Bedeutung innerhalb der verwickelten Organisation der Menschenseele; vielmehr handelt es sich für sie lediglich um überkommene politische Begriffe; immer glaubten sie mich widerlegt, wenn sie als Trumpf ausspielten: der deutsche Reichskanzler werde vom Kaiser ernannt und gehalten und könne auch gegen Reichstagsmajoritäten fest im Sattel bleiben. Also, Kanzler nach Belieben stürzen zu dürfen: das soll das Wesen der Freiheit ausmachen! Wollte man hier gründlich aufklären – die falschen Vorstellungen zerstören, die richtigen auferbauen – man müßte ein ganzes Buch schreiben. Ich beschränke mich darauf, von hüben und drüben Einiges anzudeuten; nur Stoff zum Nachdenken will ich geben.

Fragen wir uns zunächst: wie steht es in Wirklichkeit mit der so viel gerühmten politischen Freiheit Englands? Wollte man die bis 1688 heroische und blutige, später machiavellistische, ränkereiche innere Geschichte Englands in eine Formel zusammenfassen, man könnte sie nennen: die Geschichte des Kampfes zwischen den Vertretern des Adelsstandes und dem Träger der Königswürde; Keiner dieser beiden Machtfaktoren dachte an Freiheit, Jeder wollte nur die Macht an sich reißen. Als Cromwell auftrat, vereinten sich die beiden gegen den einzigen Mann und die einzige Richtung, welche fähig gewesen wären, wahre Freiheit in England zu begründen. Weiterhin war dann der Verlauf – dank der insularen Lage des Landes – sehr einfach, und daraus entstand nun das bis zum Überdruß als unerreichtes Muster gepriesene englische Parlament, in welchem das Unterhaus bis vor wenigen Jahren genau ebenso aristokratisch war wie das Oberhaus. Seit lange wird England von einer Oligarchie regiert; der König ist eine Puppe – wenn er nicht, wie Eduard VII., ein Intrigant ist. Bis zu Anfang des 19. Jahrhunderts konnte der Monarch, wenn er die nötige Energie besaß, bei der Wahl des Premierministers noch mitreden; dann verlor er auch dieses Recht, und das geheime Komitee der parlamentarischen Oligarchie herrscht seitdem allein. Zwar wird die Fiktion der beiden Hauptparteien aufrecht erhalten, und die stimmberechtigte Minderheit der männlichen Bevölkerung entscheidet über die Zeit der Ablösung der einen durch die andere; doch stecken die Führer beider Parteien unter einer Decke und halten gemeinsam alles fern, was sich in ihre Macht- und Beuteverteilung einzumengen Lust verspürt. Einzig die berufsmäßig regierende Kaste vergibt die Ämter; der Führer der vorübergehend obsiegenden Partei *muß* Premierminister sein; auch alle anderen Minister werden nicht etwa von der Partei, sondern von dem geheim waltenden Komitee auserkoren; König und Volk haben nichts dabei oder dazu zu sagen. Die Disziplin innerhalb der Parteien wird von den sogenannten »Whips«, d. h. Peitschenschwingern, drakonisch geführt; wehe dem Mitglied, das eine eigene Meinung auszusprechen sich erkühnen sollte! Wohl hat, in Folge der Wahlrechtserweiterungen, die erst Disraeli, später Gladstone einführte, das Haus der Gemeinen einen demokratischeren Anstrich bekommen; doch ist das System unverändert geblieben: die Aristokratie weicht der Plutokratie. Verlor das Haus an Vornehmheit, so gewann es in den letzten Jahren an tyrannischer Gewalt: durch die Beschrankung der Redefreiheit, namentlich durch Einführung des sogenannten »Guillotineverfahrens«, welches erlaubt, jede Debatte zu einer bestimmten Stunde abzubrechen und kurzweg zur Abstimmung zu schreiten, wurde aus diesem angeblich freiesten Parlament eine Art Maschine, mit Hilfe derer eine kleine Gruppe von Politikern sieben Jahre lang nach Belieben schaltet und waltet.

Vollendet wurde die Tyrannei dieser Clique – welche, wie der Marconiskandal kürzlich zeigte, nicht einmal mehr vor schmutzigen Börsenmanövern zurückschrickt – als vor zwei Jahren auch dem Oberhaus das Recht der entscheidenden Einwirkung auf die Gesetzgebung genommen wurde. Des Königs Vetorecht ist schon längst entschlummert. Und so wird denn England von einem Konvent, besser gesagt, von einem Konventikel regiert. Das soll Freiheit heißen?

Ich möchte aber tiefer greifen. Denn Freiheit ist ein gar zartes Wesen und sticht oft erschreckt das öffentliche Leben, um sich im still-energischen Dasein des Einzelnen zu behaupten; man kann das in den Vereinigten Staaten Nordamerikas beobachten. In einem gewissen Maße ist das auch in England der Fall: ich glaube nicht, daß man in irgend einem Lande so viele Sonderlinge antrifft, Menschen, die sich um keine Meinung, um kein Herkommen, um keinen guten oder üblen Ruf kümmern, sondern denken, handeln und leben, wie es ihnen persönlich paßt. Diese Ausnahmen bestätigen aber nur die Regel und stellen in ihrer barocken Eigenart die Kehrseite der allgemeinen Unfreiheit dar; denn die Regel ist eine für uns Bewohner des Festlandes schier unglaubliche, erdrückende Einförmigkeit. Als ich mich das letzte Mal einige Wochen in England aufhielt, empörte ich meine Freunde, indem ich mich nicht enthalten konnte auszurufen: »Ihr seid ja eine Nation von Schafen!« Das beginnt bei den kleinsten Angewohnheiten des täglichen Lebens und führt hinauf bis zu politischen Ansichten; Alles und Alle über einen Leisten geschlagen. Jeder Mann trägt die selbe Hose, jede Frau den gleichen Hut; ich erinnere mich, daß einmal in ganz London kein blauer Schlips aufzutreiben war: blau war nicht Mode; so etwas ist in Berlin, Paris, Wien undenkbar. Alle Menschen beiderlei Geschlechts lesen die selben Romane, verschlingen sie, einen Band pro Tag, »die Romane der Woche«. Findet das Bootrennen zwischen den Universitäten Oxford und Cambridge statt, so geht man in der Riesenstadt

London durch buchstäblich leere Straßen; die älteste Herzogin und der jüngste Schornsteinfeger, Alle sind von der gleichen Begeisterung wie von einem Wahnsinn erfaßt für diesen Vorgang, von dem sie im besten Falle wenig erblicken und auf keinen Fall etwas verstehen, da zu einer Beurteilung der Leistung die genaue Kenntnis von allerlei Umständen – wie Strom und Gegenstrom, Wind usw.–, erforderlich sind, die nur der ausgebildete Ruderer besitzt. Hand in Hand mit diesem Sportidiotismus geht eine völlige Mißachtung, ja eine verachtende Geringschätzung aller geistigen Güter. Ich rede nicht allein von Ignoranz; allerdings ist diese, abgesehen von der kleinen Klasse geradezu exquisit gebildeter Gelehrten, so horrend, daß ein Deutscher sie sich kaum vorzustellen vermag: in einer Stadt von 40000 Einwohnern gelang es vor fünf Jahren nicht, einen einzigen Mann aufzutreiben, fähig einem Kranken gegen Honorar Englisch korrekt vorzulesen – bei dreisilbigen Wörtern stockten sie, bei viersilbigen litten sie vollends Schiffbruch! Doch davon will ich im Augenblick nicht reden, vielmehr von der grundsätzlichen Ablehnung jeder intellektuellen Betätigung, die in England vorherrscht. Schon vor Jahren bemerkte der Schwede Steffens mit Recht (in seinem vortrefflichen Buche »England als Weltmacht und Kulturstaat«), es handle sich bei den Engländern um »eine abergläubische Furcht vor der Mitarbeit des Geistes an menschlichen Angelegenheiten«. Jeder höher gebildete Mensch ist in England verdächtig; man achtet ihn erst von dem Augenblick ab, wo seine geistige Tätigkeit tüchtig Geld einbringt; sonst gilt er als Narr. Vor einigen Jahren kam ich – leider einige Wochen zu spät – in die Stadt, wo die alljährliche englische Naturforscherversammlung stattgefunden hatte; einen der vornehmsten Einwohner – ein ungewöhnlich begabter Mann, Ritter hoher Orden, angesehen bei Hofe, in allen Kreisen bekannt und beliebt – beglückwünschte ich zu dieser Tagung aller bedeutendsten Gelehrten Englands sowie vieler vom Auslande, die ihm reiche Anregung und Belehrung gebracht haben müsse. Zuerst verstand mich der Betreffende nicht; dann rief er lachend aus: »Ach, Sie meinen den Britischen Esel, wie wir den Verein nennen!« (Wortspiel auf den Namen *British Association*, woraus » *British Ass*« gemacht wird.) »Gottlob ist es mir gelungen, den Herrschaften so gründlich aus dem Wege zu gehen, daß ich keinen einzigen erblickt habe!« So ehrt man reine Wissenschaft in den besten Kreisen Englands. Ich könnte noch viele Beispiele geben, interessante, weil aus dem Leben gegriffen; doch möchte ich in dem Zusammenhang dieser Betrachtung lediglich andeuten, daß wahre Freiheit bei einer solchen Geistesanlage gar nicht bestehen kann; nicht allein gehen englische Industrie und Manufaktur, geht der ganze Ton des öffentlichen Lebens an dieser bildungsfeindlichen Richtung zugrunde, sondern sie vernichtet die Möglichkeit der Freiheit.

Freiheit ist ein Gedanke: das wissen wir seit Kant. Kein Mensch wird frei geboren; Freiheit muß von jedem Einzelnen errungen werden. Nötig dazu ist eine Ausbildung und Stärkung, eine methodische Emporhebung des Geistes über das anfänglich Gegebene, bis dann jene Entfesselung stattfindet, die den Namen »Freiheit« verdient. Freiheit ist die Fähigkeit, Verhältnisse zu überblicken und selbständig über sie zu urteilen. Äußere Freiheit ist nur Zügellosigkeit, wenn nicht innere Freiheit vorangeht. Der Engländer versteht unter »Freiheit«, daß er auf dem Rasen spazieren darf, ohne von einem Schutzmann angeschnauzt zu werden; daß ihn keine Militärpflicht hemmt, mit sechzehn Jahren auf Abenteuer in die weite Welt auszuziehen; daß er von Sekunda ab die Schule verlassen kann, um bei einem Rechtsanwalt Schreiberdienste zu leisten und auf diesem Wege, ohne die lästige Verpflichtung zu juristischen Studien, nach wenigen Jahren Anwalt wird usw. usw. Dagegen darf der Deutsche allerdings nicht auf den Rasen treten; er darf auch nicht sein Leben nach reiner Willkür einrichten, sondern er ist verpflichtet, kostbare Jugendjahre und auch manche spätere Erholungswochen dem gemeinsamen Vaterland zu widmen, dazu sein Blut, sobald es nottut; kein höherer Beruf steht ihm offen, wenn er sich nicht in den Besitz ausgedehnter allgemeiner und fachlicher Kenntnisse gesetzt hat. Ist er deswegen weniger frei als der Engländer? Liegt nicht die unbezwingbare Überlegenheit des deutschen Soldaten vor Allem im Moralischen? Und was wird damit gesagt, wenn nicht, daß er frei handelt? Er allein will, was er soll, will es von ganzem Herzen; der englische und französische und russische Soldat soll etwas, wozu sein persönlicher Wille gar keine Beziehung besitzt; im besten Falle gehorcht er einer ihm nicht natürlichen, nur durch systematische Lügen angefachten blinden Zerstörungsleidenschaft. Und ist es nicht seine Bildung, welche den deutschen Mittelstand über jeden ausländischen erhebt? Jene Bildung, die ihm von der Nation mit unnachsichtiger Strenge auferlegt wird, und dank welcher der Einzelne dann eine frei urteilende Persönlichkeit wird? Selbst die zahlreichen Quengeleien, die uns Westländern in Deutschland zuerst recht lästig fallen, was man Alles, sobald man vor die Türe geht, darf und nicht darf, soll und nicht soll: handelt es sich im Grunde um etwas anderes als um eine Allen zugute kommende allgemeine Ordnung, die wohl bisweilen etwas übertrieben werden mag, im Ganzen aber als gesunde Schule der Selbstzucht und der Rücksicht auf Andere wirkt? Martin Luther belehrt uns:»Fleisch soll keine Freiheit haben«, vielmehr solle jeder Mensch sich als»Aller Knecht« wissen. Dann aber fährt er fort:»Aber im Geist und Gewissen sind wir die Allerfreiesten von aller Knechtschaft: da glauben wir Niemand, da vertrauen wir Niemand, da fürchten wir Niemand, ohne allein Christum.« Ich weiß nicht, ob die heutigen Engländer Martin Luther für einen freien Mann halten; die überwiegende Mehrzahl, auch unter den sogenannten Gebildeten, weiß dort, fürchte ich, ebenso wenig von ihm wie ihr König von Goethe, wahrscheinlich kaum mehr als den Namen. Und wollte ich nun Friedrich den Großen reden lassen:»Ach, ohne Freiheit gibt's kein Glück!« so würden sie sicher einwerfen, er sei ein Tyrann gewesen. Wir dagegen erfahren, auf welchen Wegen Freiheit erworben wird. Freiheit ist kein abstraktes Ding, das in der Luft herumschwebt und nach der Jeder die Hand nur auszustrecken braucht; das ist Afterfreiheit, was er da erhascht, ein trügendes Rauchgebilde, das Pandora's Kypsele entschwebt:

... steigend jetzt empor und jetzt gesenkt
Die Menge täuschte stets sie, die verfolgende.

Deutsche Freiheit – echte Freiheit – wurde von Martin Luther, von Friedrich, von Kant, von Goethe, von Wilhelm v. Humboldt, von Bismarck gewollt und geschaffen, und von Tausenden Anderer, die – ein Jeder nach dem Maßstab seiner Kräfte – in die Fußtapfen der großen Freiheitsschöpfer traten. Eine undeutsche Freiheit ist keine Freiheit. Das wußte Goethe, als er, gegen 1792, beobachtete, daß»ein gewisser Freiheitssinn, ein Streben nach Demokratie« sich vieler deutscher Gemüter zu bemächtigen begann;»man schien nicht zu fühlen«, schreibt er,»was Alles erst zu verlieren sei, um zu irgendeiner Art zweideutigen Gewinnes zu gelangen«, und bitter tadelt er dieses »Schwanken der Gesinnung ... leider nach deutscher Art und Weise zur Nachahmung aufgeregt.«

Im Laufe jahrhundertelanger Kämpfe – mit Waffen und im Geiste – hat sich Deutschland nach und nach dieses kostbarste Gut, die Freiheit, errungen. Diese deutsche Freiheit ist ein durchaus originales Erzeugnis; nichts Ähnliches hat bisher die Menschheit gekannt; sie steht ungleich höher als die hellenische Freiheit, außerdem viel breiter und fester angelegt als jene ephemere Erscheinung, die weder dem äußeren Feinde, noch dem inneren Gebrechen Widerstand zu leisten vermochte. Bezeichnend für die deutsche Freiheit ist die bewußte Voranstellung des Ganzen: alle einzelnen Teile innerhalb des Reiches bewahren ihre unabhängige Eigenart, überwinden sich aber nichtsdestoweniger, sich dem Ganzen einordnen zu lassen; ebenso überwindet sich jeder einzelne Mann von Kindheit auf zugunsten der Gesamtheit: das ist der erste Schritt auf dem Wege zur Freiheit. Diese Freiheit, ja, diese kann auf Dauer hoffen! Zum ersten Male in der Geschichte der Welt wird die Freiheit als umfassende, dauernde Erscheinung überhaupt möglich: das beachte man vor Allem!»Freiheit ist nicht Willkür, sondern Wahrhaftigkeit«, sagte Richard Wagner. Wie soll aber ein ganzes Gemeinwesen, eine ganze Nation in ihrem politischen Aufbau und Wesen nicht mehr willkürlich, sondern wahrhaftig sein? Der erhabene Anblick, den Deutschland in dem Kriege 1914 bietet, lehrt es uns. Das stelle man den trivialen Dummheiten entgegen, die wir von Königen, Ministern, Rednern, Dichtern zu hören bekommen. Welche Freiheit Rußland zu verschenken hat, darüber zu reden ist unnötig; welche Freiheit das arme, verratene und verlotterte Frankreich uns verheißen könnte, das Land der politischen Korruption, der hohlen Phrasen, das bedarf ebenso wenig Auseinanderlegungen; England aber versteht unter Freiheit nur Faustrecht, und zwar Faustrecht für sich allein; man wird aus seinem ungeheuren Kolonialreich nicht einen einzigen Funken geistigen Lebens aufweisen können: Alles nur Viehhalter, Sklavenhalter, Warenaufstapler, Bergwerkausbeuter, und allerorten die Herrschaft jener unbedingten Willkür und Brutalität, die überall auftritt, wo nicht Kultur des Geistes sie dauernd abwehrt, die Brutalität, die Englands populärster heutiger Dichter, Rudyard Kipling, als höchste Kraft und höchsten Ruhm des englischen Volkes zu verherrlichen die Dreistigkeit hat.

Das Weiterfortbestehen und die Weiterentwickelung der Freiheit auf Erden ist an den Sieg der deutschen Waffen geknüpft, und daran, daß Deutschland sich nach dem Siege treu bleibt. Und ebenso wie innerhalb Deutschlands die Freiheit – die zuerst nur der Traum und das Hoffnungswerk einzelner Gottbegnadeten war, und auch heute nur von denen vollkommen bewußt erfaßt werden kann, die von Natur und Geschick begünstigt sind – dennoch nach und nach das ganze Volk durchdringt, wie wir es jetzt im Kriege erleben, wo Millionen sofort zu den Waffen eilten, die nicht dienstpflichtig gewesen wären, also aus freiem Entschlusse: ebenso wird diese deutsche Freiheit sich nach und nach über die ganze Welt erstrecken, soweit die deutsche Zunge reicht. Einen anderen Kitt als Jingo wird wahre Freiheit abgeben. Und die deutsche Sprache – die heilige Aufbewahrerin dieser Geheimnisse –, nicht mehr von ihren eigenen Kindern in fernen Landen geringgeschätzt und bald vergessen, vielmehr allerorten gepflegt und gefördert, ein Weltdeutschtum begründend, wird nach und nach die andern Völker, so weit es ihnen von der Natur gegönnt sein mag, zum Verständnis der Freiheit erziehen, und damit auch zu ihrem Besitze.

Gott gebe diesen Sieg!

Bayreuth, 15. September 1914.

Die deutsche Sprache

(Brief an E. E.)

*Das köstliche Gut, die deutsche Sprache, die alles ausdrückt, das
Tiefste und das Flüchtigste, den Geist, die Seele, die voller Sinn ist:
die deutsche Sprache wird die Welt beherrschen.*

(Schiller)

Gewiß, Du hast Recht; es wäre frevelhaft, wollte man gerade in
diesen Septembertagen, wo die erste große Entscheidung noch
schwebt – diejenige, die wahrscheinlich über alle weiteren Ent-
scheidungen»entscheiden« wird –, es wäre frevelhaft, wollte man
sich dem Rausch einer übermütigen Zuversicht hingeben; von einem Denker wenigstens verlangt man mehr Logik, als daß er Gott
demütig um Hilfe bitte und zugleich überzeugt sei, der Deutsche
könne nicht anders als siegen. Ich glaube, der Deutsche hat Alles
getan, was menschenmöglich war, um siegreich aus dem ihm auf-
gezwungenen Kampfe hervorzugehen; ich weiß aber, welche Rolle
unscheinbare Nebendinge, Zufälle, wie man sie nennt, in der Geschichte gespielt haben; aus Grund des Herzens wende ich mich zu
Gott und sage, wie der Heiland es uns vorgebetet hat:»Vater, nicht
wie ich will, sondern wie du willst.« Wahre Demut heißt auf Alles
gerüstet sein; wissen wir denn, was schwerer zu tragen sein wird:
Niederlage oder Sieg?

Aber, aber ... wie soll ich's sagen? ... ich fürchte, ich werde nun
doch unlogisch oder gar unfromm: eine Niederlage der Deutschen
könnte ich nur als hinausgeschobenen Sieg betrachten; ich würde
mir sagen: die Zeit ist also noch nicht reif, es gilt, des Heiligtums
noch weiter im Kreise des engeren Vaterlandes treu zu hüten. Denn
Deutschland allein unter allen Nationen wahrt heute noch ein le-
bendiges, entwickelungsfähiges Heiliges; unausdenkbar ist es, wie
Alles, was von Gott kommt, und ich fühle mich mehr als bloß unfähig, es zu beschreiben oder auch nur zu umschreiben; man muß
deutsch geboren oder geworden sein, um zu wissen, wovon die
Rede ist, zu verstehen, wenn Einer davon spricht; man muß mitten
in diesem mannigfaltigen Segen leben und weben, muß dessen Luft
atmen, in dessen Licht arbeiten, in dessen Sonne lieben, unter des-

sen gütigem Schutze ruhen ... Ach, und da fällt mir unsers so ganz und ausschließlich deutschen Schiller's Wort ein: »Sobald es Licht wird in dem Menschen, ist auch außer ihm keine Nacht mehr.« Vorläufig soll mir an diesem Worte genügen: was wir »deutsch« nennen, ist das Geheimnis, wodurch es in dem Menschen Licht wird; und das Organ dieses Lichtwerdens ist die Sprache.

Durch nichts lasse ich mich irremachen: dieser Sprache ist gewiß der Sieg bestimmt! Auch andere Sprachen gibt es, reich an Werken des Geistes; wer möchte das in Abrede stellen? Ich am allerwenigsten, der ich von Kindheit an und bis zur Stunde im Englischen und im Französischen daheim bin, so daß Shakespeare, Hume und Sterne, Ronsard, Pascal und Rousseau meinem Ohre und meinem Verstande in ihren ureigenen Worten und in den unübertragbaren Redewendungen der schillernden, aus Geschichte und Klang entstehenden Beziehungen ebenso nahe und vertraut sind, wie Luther, Herder, Goethe. Auch besitze ich wenigstens eine Art Ahnung von dem Gefüge und der Kraft der alten Sprachen, kann Italienisch lesen und verdanke dauernde Eindrücke dem Studium des Spanischen und des Serbokroatischen. Auf Grund dieser Kenntnisse und auch anderer, aus den Ergebnissen der vergleichenden Sprachwissenschaft gewonnenen, behaupte ich: unter lebenden Sprachen steht fraglos die deutsche einzig da, in einer Majestät und einer Lebensfülle, die jeden Vergleich ausschließen. Dies liegt zum Teil in der Struktur dieser Sprache begründet, wie sie sich aus ihrer Geschichte ergibt, zum Teil in dem Inhalt, den sie durch eine beispiellose Reihe tüchtiger, bedeutender, hervorragender, zum Teil heroischer Geister gewonnen hat. Dieser Inhalt – das sei gleich hinzugefügt – reicht über das Sprachgefüge hinaus: so ist z. B. Johann Sebastian Bach, der Wundermann, den Goethe nur mit Gott zu vergleichen wußte, undenkbar außerhalb des Gebietes der deutschen Sprache und außerhalb der Richtung, die Martin Luther dem Geist, dem diese Sprache entwächst, angewiesen hatte. Es ist das Alles ein und derselbe Strom.

Was nun zunächst die Struktur betrifft: es ist so viel Treffendes darüber gesagt worden, und so Manches davon wird Deinem treu haftenden Gedächtnisse eingeprägt sein, daß ich mich fast darauf beschränken kann. Dich an die vierte von Fichte's »Reden an die deutsche Nation« zu erinnern. Mir fallen Fichte's Schriften im Allgemeinen, ich gestehe es, nicht leicht; meistens gehen sie mir gegen den Strich; doch dieser Vortrag über die »Hauptverschiedenheit zwischen den Deutschen und den übrigen Völkern germanischer Abkunft« lese ich immer wieder von Zeit zu Zeit und erbaue mich stets daran. Erstens freut es mich, daß er zu den »Völkern germanischer Abkunft« auch die Franzosen, die Spanier, die Italiener zählt; zwar liegt es auf der Hand, wie viel germanisches Blut in ihren Adern als Quelle ihrer Kraft fließen muß –, es genügt zu wissen, was der Begriff »Germane« bedeutet, und ein klein wenig Geschichte studiert zu haben; und doch mußte diese im Wintersemester 1807/08 als selbstverständlich ausgesprochene Wahrheit in unseren Tagen neu entdeckt werden. Zweitens spricht Fichte in schlichten Worten eine geradezu entscheidende Wahrheit aus, indem er den Grund der zunehmenden Verschiedenheit vor Allem in den Sprachen findet: unter den Sprachen Europas ist die deutsche die einzige lebendige. Aus dieser Tatsache folgt Alles Andere; denn, wie Fichte bemerkt: »Zwischen Leben und Tod findet gar keine Vergleichung statt, und das erste hat vor dem letzten unendlichen Wert; darum sind alle unmittelbaren Vergleichungen der deutschen und der neulateinischen Sprachen durchaus nichtig und sind gezwungen, von Dingen zu reden, die der Rede nicht wert sind.« Die Katastrophe, die alle jene Sprachen – die englische nicht ausgenommen – vom Leben abgeschnitten hat, entstand dadurch, daß sie auf fremden Wurzeln, also aus totem Material, aufgebaut sind; darum waren sie von Anfang an künstliche, nicht naturgeborene Sprachen; jene Völker haben, sagt Fichte mit Recht, »genau genommen eine Muttersprache garnicht«, eine Tatsache, für welche Richard Wagner den schlagenden Ausdruck fand: »Ihre Sprache spricht für sie, nicht aber sprechen sie selbst in ihrer Sprache.« Sobald nämlich alle Wörter, die nicht bloß greifbare Dinge bezeichnen, sondern dem Denken und Mitteilen des Gedachten dienen, nicht mehr dem sinnlich Bekannten entstammen – wenn z. B. Erfolg » succès« heißt, und somit an Stelle der lebendigen Vorstellung eines Hinrennens auf ein Ziel zu, gekrönt durch das den Abschluß andeutende »er« zwei Silben » suc« und » cès« stehen, die beide für den heutigen Franzosen keine Bedeutung besitzen – sobald das geschieht, sind die Wörter nur mehr abstrakte Rechenpfennige, keiner Steigerung, keiner Modulation, keiner Verbindungen fähig; und das Volk, das eine solche Sprache redet, kennt dann keine Stufenleiter des Verständnisses: der gemeine Mann denkt garnicht, das Genie findet kein Organ vor, woraus es Neues gestalten könnte; *la médiocrité est de rigueur* – Mittelmäßigsein ist Pflicht. Da hingegen in einer lebendig gebliebenen Sprache, wie die deutsche, »der übersinnliche Teil sinnbildlich ist, zusammenfassend bei jedem Schritte das Ganze des sinnlichen und geistigen in der Sprache niedergelegten Lebens der Nation in vollendeter Einheit, um einen, ebenfalls nicht willkürlichen, sondern aus dem ganzen bisherigen Leben der Nation notwendig hervorgehenden Begriff zu bezeichnen.« Man darf nicht übersehen, daß die lateinische Sprache, als sie gegen Ende der Republik eine Kultursprache zu werden anfing, sich aufs Borgen verlegen mußte; von ihr kann man nicht im selben Sinn wie von der griechischen sagen, daß sie »lebe«; denn sie entnimmt der griechischen zahlreiche Bezeichnungen für Gedanken, Gefühle und Ahnungen, fix und fertig, wie sie aus der durchaus originellen, Jahrhunderte alten Entwickelung der hellenischen Völker hervorgegangen waren; und bei dem Versuch, eigene lebendige Wörter dem fremden Inhalt anzupassen, entstanden Konfusionen, unter denen wir noch heute leiden; Du brauchst nur in meinem Goethebuche den Abschnitt über das Wort »Natur« nachzuschlagen. Teils also verstand man garnicht und teils verstand man falsch; die lateinische Sprache der klassischen Zeit besaß in Folge dessen – sobald sie sich über das Alltägliche erhob – keine lebendigen Beziehungen mehr zu der Sprache des Volkes; vielmehr war sie eine künstliche, dem Volke unverständliche Sprache geworden, »in der eigenen Heimat halb tot«. Hieraus geht hervor, daß die heutigen Sprachen Westeuropas auf zwiefach abgestorbenen Wurzeln aufgebaut sind; außer der deutschen blieben einzig die skandinavischen rein.

Nur so viel über die Struktur der deutschen Sprache; nur ein andeutendes Weckrufen des Gedächtnisses. Die deutsche Sprache lebt, und weil sie lebt, ist sie geeignet, einem Göttlichen zum Gefäß zu dienen.

Nun aber bitte ich Dich, Dein Auge auf den kritischen Punkt zu richten, wo dem Gefäß ein Inhalt zugeführt werden soll. »Mit dem Besitzer einer solchen Sprache spricht unmittelbar der Geist, und offenbart sich ihm, wie ein Mann dem Manne,« sagt Fichte. Und Goethe ruft aus:

Komm' heil'ger Geist, du schaffender,
Und alle Seelen suche heim!

Dazu gehört aber Manches: eine vereinzelte Seele, hier und da,
fähig, Offenbarungen des heiligen Geistes unmittelbar zu empfan-
gen und mitzuteilen, das genügt nicht; soll die Sprache an dem
Inhalt Kraft gewinnen, so muß jede dieser begnadeten Seelen einem
breitangelegten völkischen Leben angehören, reich an Kräften, an
Begabungen, an leidenschaftlichem Daseinsdrang; im Nebeneinan-
der und im Nacheinander muß sich Seele an Seele ketten; Sprache
und Inhalt bedingen sich gegenseitig, sie wachsen an einander;
vereint streben sie wie ein sich verästelnder Baum empor. Zwar
bilden die skandinavischen Sprachen eine kostbare Reserve, eine
Art Stärkung der deutschen im Hintergrunde; doch versagte die
geographische Lage in ihrer strengen Unwirtlichkeit dem Leben
dieser Nationen breite und üppige Entfaltung. Hingegen fand diese
Entfaltung in Deutschland in idealer Weise statt. Mag der Historiker
Deutschlands Zerrissenheit beklagen, sowie die unsäglichen von ihr
in früheren Zeiten verursachten Leiden; das Geistesleben gewann
daraus die unvergleichliche Mannigfaltigkeit der Lebensbedingun-
gen und daher auch die Verschiedenheit der richtenden Einflüsse
innerhalb der durch die Sprache gegebenen Einheit des Erlebens
und des Denkens. Die Sprache wurde hierdurch und wird noch
heute beständig in Fluß erhalten. Wer das Französische etwa von
Rabelais und Montaigne an bis zu Voltaire verfolgt, gewahrt eine
zunehmende Verarmung, sowohl des Wortschatzes, wie der
Sprachformen, bis dann das Gefüge endgültig zu blankem Stahl
verhärtet ist und nur mehr maschinenmäßig arbeitet; diese von
einem höheren Standpunkt aus betrachtet unstreitig rückwärtige
Bewegung entspricht einem genialen Instinkt: da die Sprache eine
künstliche war, so gab es für sie nur ein Mittel, relative Vollendung
zu erreichen: sie mußte ganz Kunst – gar nicht mehr Natur – werden. Ein heute lebender Montaigne müßte stillschweigen ... oder
Deutsch lernen. Worauf ich Dich nun besonders aufmerksam machen möchte, ist folgendes: reifte dieser merkwürdige Vorgang zu
beispiellosem Erfolg, so ist das nicht allein der zwingenden Logik
der sprachlichen Lage zuzuschreiben, vielmehr namentlich auch der
politischen Entwickelung; die französische Sprache ward genau so
wie ihre die unbedingte Einheit und Einheitlichkeit und Einförmig-

keit fordernde Monarchie sie wollte: die äußere Bastille konnte die französische Revolution vernichten, nicht aber die innere; der Geist dieses Volkes ist auf immer eingekerkt. Auch die deutsche Sprache hat an Wort- und Sprachbildungen seit Luther's Zeiten manche Einbuße gelitten; namentlich die unselige Vorherrschaft des Lateinischen unter den Gebildeten bis etwa 1750 wirkte zerstörend; gerade die politische Mannigfaltigkeit war es nun, die, neben den oben besprochenen Kerneigenschaften der Sprache, eine Katastrophe abwendete. Man braucht nur auf Ober- und Niederösterreich, auf Steiermark, auf die Schweiz, auf das Niederdeutsche zu schauen, um gewahr zu werden, welcher Reichtum an lebendigen Wörtern und Wendungen dank der politischen Spaltung erhalten blieb, fähig, jeden Augenblick wieder Allgemeingut zu werden; ein großer Teil des heutigen Wortschatzes ist im Laufe des 18. Jahrhunderts, von Gottsched bis Adelung, der drohenden Vergessenheit entrissen worden; Leibniz hat in seinen »Unvorgreiflichen Gedanken« den Weg gewiesen, Goethe und Richard Wagner griffen kühn bis auf die Wurzeln zurück; hier bleibt noch viel zu tun. Ein unsagbarer Segen ist es, daß politische Nation und Sprache nicht zusammenfallen: Deutsch ist, wer die deutsche Sprache redet. Kein Völkergebilde der Gegenwart und der Vergangenheit – außer dem hellenischen – kann sich der reichen Mannigfaltigkeit dessen, was Deutsch ist, vergleichen. Und auf diesem reichen Boden hat nun »der Geist sich offenbart« in einer solchen seit Jahrhunderten ununterbrochenen Fülle, daß auch der Inhalt der deutschen Sprache heute einzig dasteht.

Für sehr wichtig ist zu erachten, daß die Anfänge der deutschen Sprache in die Urzeit zurückreichen, ohne Unterbrechung: hierauf beruht ja das Lebendigsein der Wortwurzeln, von dem ich vorhin sprach. Ähnliches bietet keine andere Sprache der Gegenwart, wenigstens keine Kultursprache. Namentlich das Französische zeigt schon an seinen Ursprüngen einen zufälligen, willkürlichen Werdegang. Es entsteht als ein Kompromiß zwischen zwei widerstreitenden Sprachen: der germanische Eroberer, als der weitaus begabtere, erlernt die Sprache des besiegten Galliers, haut aber die ihm unerträglichen Abwandlungsendungen kurzerhand ab, so weit tunlich, und muß in Folge dessen die schwankende Wortfolge unter ein Gesetz stellen, pfropft außerdem auf den dürren lateinischen

Stamm zahlreiche neue, kräftige, seinem heimischen Deutsch entlehnte Ausdrücke; bis ins 16. Jahrhundert hinein blieben noch Spuren von germanischer Kraft rege, Montaigne nahm sich noch die Freiheit, Worte zu erfinden und zusammenzustellen; doch drang er damit nicht durch, und gleich nach ihm verlosch die Flamme auf immer. Ungleich mehr Kraft wohnt der englischen Sprache inne; sie allein besitzt Eigenschaften, die sie befähigen, der deutschen eine gefährliche Rivalin zu sein. Hier nämlich lagen die Verhältnisse umgekehrt: der normannische Besieger war bereits dem Französischen verfallen; der im Kampf unterlegene, doch numerisch überlegene Angelsachse besaß die stärkere Sprache; aus dieser Mischung, in welcher das Deutsche die Oberhand behält – namentlich in Bezug auf die allgemeine Struktur – ist nun ein so wunderbares Organ für menschliche Mitteilung geworden, daß ein Shakespeare aus ihrer Mitte heraus ins Leben treten konnte. Und dennoch! Sobald wir genauer zuschauen, entdecken wir einen furchtbaren, nie gutzumachenden Mangel: das Englische ist fähig, dem Erhabenen und dem Überschwenglichen zu dienen, ebenso der energischen Tat, der politischen Debatte, überhaupt allem unmittelbar Gegebenen, damit auch dem Geschäft, dem Spiel, sowie dem Trivialen und dem Rohen, nicht aber ist es möglich, auf Englisch tief und zart zu denken. Selbst das Denken von glänzenden Köpfen versiegt und versandet, und der Halbschotte Kant mußte in Deutschland geboren werden, damit die geniale Gedankenarbeit seines Landsmannes Hume zu Ende geführt werden konnte. Das kommt daher, weil für alle höhere geistige Tätigkeit einzig die lateinisch-französischen Wurzeln in Verwendung genommen worden waren; zum Denken hatte nur der Adelige Muße gefunden, das in Hörigkeit verfallene Sachsenvolk mußte die harte Arbeit verrichten und gewann sich höchstens noch zum Dichten einen Feierabend. Somit fand sich, als die Zeiten für neue Gedankengänge gereift waren, kein gestaltungsfähiges Material zur Hand, sondern nur ungelenke, verrostete Rüstung. Die Folge ist aber, daß England von den höchsten Errungenschaften der letzten zwei Jahrhunderte wie abgeschnitten bleibt, indem es an dem bewußten und unbewußten geistigen Leben des führenden Deutschland nicht teilzunehmen vermag; daher ein von Tag zu Tag zunehmendes Zurückbleiben, das dem schärfer Blickenden schon lange nicht mehr verborgen bleiben konnte. Denn unter Denken verstehe ich beileibe nicht bloß und nicht in erster Reihe Philosophie, vielmehr den wertvollsten Teil von Wissenschaft und von Kunst, sowie von Allem, was zu Bildung und Besitz einer Weltanschauung und überhaupt zu einem geistig ausgefüllten Leben beiträgt. Englische Naturwissenschaft z. B. ist selbst dem gebildeten Manne ein gänzlich unverständliches Abracadabra, aus lauter barbarischen griechischen und lateinischen Brocken zusammengesetzt, durchspickt mit noch unverständlicheren und dazu unaussprechlichen deutschen Kunstausdrücken, – sie ist also eine Technik, nicht ein Kulturelement; ein englischer Theolog – um ein anderes Beispiel zu nennen – der der deutschen Sprache nicht mächtig ist, weiß heute nicht mehr, wovon in diesem Fache die Rede ist. Darum dringt in England keine Spur wahrer Bildung ins Volk: die Sprache, in der das geschehen könnte, ist nicht vorhanden. Bei dem Vergleich zwischen der deutschen und der englischen Sprache trifft das zu, was Fichte gesagt hatte:»Beim Volke der lebendigen Sprache greift die Geistesbildung ein ins Leben; beim Gegenteile geht geistige Bildung und Leben, jedes seinen Gang für sich fort.« Die sehr hohe, vornehme, freie Bildung, die man in England antrifft, steht völlig außerhalb des nationalen Lebens; sie übt auf die Haltung der Bevölkerung, auf die regierenden Kreise, auf Ziele und Wege des Staates nicht den geringsten Einfluß.

Daher nun die zwingende Notwendigkeit, daß die deutsche Sprache – nicht die englische – die Weltsprache werde. Siegt die englische Sprache, so steht die Kultur der Menschheit vor einem Abgeschlossenen, und das heißt vor dem Tode. Der moralische Verfall Englands hat sich seit dem Beginn des gegenwärtigen Krieges in erschreckendem Maße offenbart: Verlogenheit, Roheit, Gewalttätigkeit, Prahlerei, dabei Mangel an Haltung, Würde, Gerechtigkeitssinn, Mannhaftigkeit: es ist ein trauriger Anblick. Nun lasse man die immensen Kolonialreiche und auch die anderen Länder englischer Sprache in die Lage kommen, ebenfalls Gesinnung und Seele bloßzustellen: man wird mit Entsetzen gewahren, welcher Verrohung wir entgegengehen – der endgültigen Verrohung des ganzen Menschengeschlechts. Deswegen *muß* der Deutsche – und mit ihm das Deutsche – siegen; und hat er erst gesiegt – heute oder in hundert Jahren, das Muß bleibt das gleiche–so gibt es keine einzige Aufgabe, die so wichtig wäre, wie diese: die deutsche Sprache der Welt aufzuzwingen. Überall, auch in fremden Rassen, gibt es unter Hunderttausenden einzelne Hochbegabte und Hochgesinnte; ohne Kenntnis der deutschen Sprache bleiben sie von höchster Kultur ausgeschlossen.

Und ich habe nicht bloß den genialen Menschen im Auge; auf Alle, namentlich auch auf die Einfachen, Schlichten, der Natur Nahestehenden wirkt die deutsche Sprache wie ein Segen, der unmittelbar aus Gottes Hand ins Herz sich senkt. Welche Sprache bietet uns Märchen, wie die von den Gebrüdern Grimm gesammelten? Und – hält man uns ewig Shakespeare vor, der übrigens einzig in Deutschland wirkend lebt, nicht in England – besitzt die deutsche Sprache nicht in Luther einen vergleichbaren Schatz, eine unversiegbare Quelle volkskräftiger Rede, dazu entströmend einer heroischen Gestalt ohnegleichen? Warum gelang die Reform nicht in England, nicht in Polen, nicht in Frankreich? Weil einzig die deutsche Sprache die Kraft in sich barg, das Fremde zu überwinden. Das sage ich nicht den deutschen Katholiken zuleide; mögen sie ihrem Glauben treu bleiben; deutsch aber wurden wir Alle in erster Reihe durch Luther; er lehrte uns, im deutschen Volk und im deutschen Staatswesen ein von Gott Gewolltes, Heiliges erkennen, wert der Liebe und der Ehrfurcht; damit legte er die Grundlage. Und von hier an – ich meine von der in den deutschen Volksmärchen sich offenbarenden Volksseele und von der in dem gewaltigen Manne sich offenbarenden Volkskraft – von hier an steigt der göttliche »Inhalt« der deutschen Sprache bis zu jenem mächtigen Schöpfer von Gedanken und von Wörtern, in denen neue Erkenntnis Gestalt und dadurch erst Leben findet – Immanuel Kant, dem Keiner nachdenken kann, der nicht die deutsche Sprache beherrscht; er steigt bis zu dem Kant ergänzenden, erhabenen Weltweisen Goethe, von dem Jakob Grimm schön sagt: »Ohne ihn könnten wir uns nicht einmal recht als Deutsche fühlen, so stark ist diese heimliche Gewalt vaterländischer Sprache und Dichtung«; er steigt bis zu jenem Gipfel, wo die deutsche Tonsprache – diese den Himmel erstürmende Schöpfung – mit der deutschen Wortsprache so innig verschmolz, daß nunmehr der letzteren auch für alles Unaussprechbare die Fähigkeit des Ausdrucks eignet, womit der Menschheit ein neues Organ geschenkt ist in Kunstwerken, die untrennbar an die einzige deutsche Sprache verknüpft sind, weil Wort und Ton eine Einheit bilden.

Durchführbar ist dieser Traum der weltbeherrschenden deutschen Sprache: es liegt nicht bloß im Interesse der Deutschen, vielmehr ist ihnen hier eine Pflicht vorgezeichnet. Das Pflichtgebot umfaßt zwei Absätze: zum ersten, es darf niemals ein Deutscher von seiner Sprache lassen, weder er, noch seine Kindeskinder; zum zweiten, an jedem Ort, zu jeder Zeit soll er eingedenk sein, sie Anderen aufzunötigen, bis sie allerorten ebenso triumphiert wie mit seinen Waffen das deutsche Volksheer. Der Geschäftsmann gehe voran und verlange von seinen Korrespondenten die deutsche Sprache – wie das bisher der Engländer und Amerikaner mit seiner Sprache tat. Durch Ausbreitung des Kolonialreiches und ständige Vermehrung der Handelsflotte wird nach allen Winkeln der Welt mit der deutschen Flagge auch das deutsche Wort ziehen, und nicht mehr als ein geduldetes, untergeordnetes, nach besten Kräften mit englischen Brocken durchsetztes Element, sondern überall als die Sprache der Tüchtigkeit, Redlichkeit, Bildung, und daher als die höchste geachtet. Soweit das Reich sich erstreckt, unterrichte und predige der Geistliche nur Deutsch; der Lehrer lehre nur in deutscher Sprache. Im Ausland begehe kein Deutscher das Verbrechen, seine Sprache preiszugeben; er lerne begreifen, daß er hiermit einer niederträchtigen Schande sich schuldig macht. Wenn alle Deutschen in den Vereinigten Staaten, in Kanada, in Australien usw. an ihrer Sprache, auch Geschlechter hindurch, treu festhalten, dann kommt bald der Tag, wo diese Sprache auch in den gesetzgebenden Körperschaften und Verwaltungen Gleichberechtigung genießt, und ist es erst soweit, dann dringt sie siegend ins Leben ein. Inzwischen muß durch Schulen und auf jedem möglichen Wege dahin gewirkt werden, daß die deutsche Sprache die Sprache aller höheren Bildung werde. Die Menschen müssen einsehen lernen, daß, wer nicht Deutsch kann, ein Paria ist. Die fremden Völker werden Deutsch lernen aus Neid, aus Interesse, aus Pflicht, aus Ehrgeiz, – mir ist jede Veranlassung recht; mit der deutschen Sprache schenken wir Jedem ein so unermeßliches Gut, daß wir uns kein Gewissen über die Veranlassung zu machen brauchen. So ungefähr denke ich mir den Siegeszug der deutschen Sprache, und kann ich ihn auch nicht mehr erleben, der heutige Krieg läßt mich hoffen, daß ich vielleicht nicht die Augen schließe, ohne den Anfang der Verwirklichung des brennendsten aller meiner Herzenswünsche erblickt zu haben. Wie Du siehst, es mischt sich in die Zuversicht, von der ich anfangs sprach, ein subjektives Element: ich glaube, wie an Gott, an die heilige deutsche Sprache!

Bayreuth, 22. September 1914.

Deutschland als führender Weltstaat

Gezeiten gibt's in menschlichen Geschäften,
Nimmt man die Flut wahr, führt sie zum Erfolg.

(Shakespeare)

Ein Freund – ein Deutscher – fragt sich und darum auch mich, offenbar besorgt, ob zu hoffen stehe, ein siegendes Deutschland werde die politische Reife besitzen,»Führer der Welt« zu werden? Mich rührt es tief, daß ein Mann inmitten der Siegesfreude diese bange Frage an seine Seele richtet; das ist echt deutsch; wenn Manche so denken und fragen, dann kann man mit Zuversicht in die kommende Friedenszeit hoffen. Jedenfalls verdient die Frage eine Antwort; die meinige soll in folgenden Zeilen angedeutet werden.

Es ist nicht leicht, in diesen Tagen Ruhe bewahren: ruhig sehen, ruhig urteilen, ruhig reden. Und doch ist's gefährlich, es nicht zu tun; denn Bedeutendes wird nicht in und aus dem Rausche geboren, sondern aus Klarheit, Besonnenheit, Willenskraft. Die deutschen Siege verdanken sich nicht bloß, ja, nicht in erster Reihe, dem so viel genannten *furor teutonicus*; vielmehr liegt ihnen die stille, treue, fähige und zielbewußte Arbeit von Jahrzehnten zugrunde. Von Vertrauen erweckender Seite erfahre ich, der ganze jetzige Feldzugsplan rühre bis ins Einzelne vom alten Moltke her; dieser habe sowohl den Krieg nach zwei, wie den nach drei Fronten ausgearbeitet; diese Vorarbeit habe dann in nie rastendem Fleiße der Generalstab auf dem Laufenden erhalten, die neuen Verkehrsmittel – wie Kraftwagen und Flugschiff – in Rechnung gebracht, die neuen Waffen desgleichen usw., das Gegebene weiter ausbauend; außerdem natürlich die Bereitschaft von Tag zu Tag geprüft und erhalten. Wir haben also zuerst die Tat des Genies, sodann die nie nachlassende, schweigende Pflichterfüllung der Vielen. Und erst zuletzt greift dann dasjenige entscheidend ein – das Dritte – was jenen beiden anderen Faktoren in Wirklichkeit als Element zugrunde liegt: die sonst verborgene Volkskraft, eine ideal-reale Größe, welche die geistige Glut genialer Empfindungsart mit der stummen Hingebung des Gehorchenden noch ungeschieden in sich vereinigt. Wir sehen: damit eine Nation wahrhaft Großes leiste, dazu muß dreierlei zusammentreffen – wurzelfeste Tüchtigkeit des Volkes als eines Ganzen, hohe Begabung Einzelner, methodische Durchbildung Vieler. Doch liegt es auf der Hand, daß das bloße Vorhandensein dieser Kräfte nichts nützt, wenn sie nicht in der Art ineinander wirken, daß jede zur vollen Geltung kommen kann.

Hier haben wir aber schon den Finger auf die schwache Stelle im politischen Deutschland des heutigen Tages gelegt. Wie in keinem Lande der Welt ist Alles da, Alles, was nötig wäre, um auch auf diesem Gebiete unerhört Großes zu schaffen; die Teile arbeiten aber nicht ineinander: Kraftverschwendung, Zeitverschwendung, Menschenverschwendung. Was hätte ein Moltke genutzt, wenn man ihn als »abgesägten« General in einer Provinzstadt hätte verschimmeln lassen? So verschimmeln die besten Kapazitäten Deutschlands. Was sollte ein Volk bewirken, das nie Gelegenheit hat, sich spontan und einstimmig als »Kraft« zu offenbaren, sondern sich jahraus, jahrein von Winkeladvokaten und Bierbankpolitikern dumm reden lassen muß über Dinge, die es nicht versteht, um sich dann in zwanzig Parteien zu spalten, die sich gegenseitig in den Haaren liegen? Wie herrlich groß, ja, sprechen wir es ruhig aus, wie heilig groß steht doch das deutsche Volk da, sobald jene obengenannten drei Elemente zusammenwirken! Wir Glücklichen, wir erleben es heute wieder einmal! Jeder Glaube bricht wieder plötzlich hervor; jede Hoffnung – auch die verwegenste – scheint berechtigt; erleben wir es doch, daß das Unmögliche möglich wird! Wie in der Armee, so auch im Friedenswerk gibt es nichts, was Deutschland nicht erreichen könnte. Und welche glorreiche Aussicht für die Zukunft der Menschheit, dem Einfluß eines solchen Deutschland als führenden Staates zu unterstehen! Und dennoch vermögen manche Männer in dieser Beziehung wenig Zuversicht zu hegen: der Abstand zwischen dem kriegführenden Deutschland und dem politischen Deutschland ist gar zu empfindlich.

Von den drei Kräften, die dem kriegführenden Deutschland seine unüberwindliche Gewalt verleihen, kommt im politischen höchstens die mittlere zur Geltung. Hut ab vor dem deutschen Beamtentum! Und doch, in welche Bahn der Verdrossenheit und Freudelosigkeit ist auch dieses geraten! Ein Beamtentum wie das deutsche, wissenschaftlich und methodisch zu höchsten Leistungen befähigt, braucht innere Freiheit, um froh seine Pflicht zu vollbringen, und diese Freiheit gewähren ihm nur genial gestellte Aufgaben, zu deren Lösung Jeder seine ganze Persönlichkeit einsetzen muß. Der Beamte – soll Großes geleistet werden – müßte sich in Friedenszeiten in ähnlich gehobener Lage befinden wie der Offizier in Kriegszeiten: von oben beflügelt, von unten getragen. Dazu müßten aber genial vorgezeichnete neue Wege kühn und sicher begangen werden.

Neue Ideale sind nicht auf alten Wegen zu erreichen; die deutsche Heeresorganisation war zuerst eine Idee in den Hirnen einzelner Männer, ehe sie im kaufe eines Jahrhunderts zu dem wurde, was wir heute staunend bewundern; und weil sie eine Idee war, darum haben Tausende freudig an ihrer Verwirklichung gearbeitet.

Nicht dürfte die deutsche Volkskraft sich selbst parodieren in der unerträglich trivialen Gestalt des Deutschen Reichstages. Welches Satyrspiel auf die heroisch tragischen Ereignisse des Jahres 1914 jene Zaberndebatte, die ihnen voranging, endend mit dem schmählichen, zugleich lächerlichen Mißtrauensvotum! Man wirft vielleicht ein, der Reichstag habe sich jetzt gut benommen? So verhält es sich aber nicht. Das ganze deutsche Volk ist es, das wie ein Mann in seiner einzigen Größe sich emporrichtete; diesem urgewaltigen Vorgang gegenüber konnte kein Reichstag bestehen; nicht Reichstagsmitglieder ergriffen des Kaisers Hand, sondern deutsche Männer; als deutsche Männer handelten sie unbeirrbar. Doch tritt der Reichstag von neuem zusammen, so fängt sofort das alte Elend von vorn wieder an; Alles stockt, Alles erstickt, und das politische Leben ist ein trojanisches Trümmerfeld. Will Deutschland als politische Macht ähnliche Erfolge erzielen wie als militärische Macht, so muß es hier gründlich aufräumen und für neue Bedürfnisse neue Formen, neue Methoden finden und erfinden. In Wahrheit sind alle Nationen der Erde satt der Parlamente, satt des hochheiligen, allgemeinen Stimmrechtes, satt der unerschöpflich quillenden Redekaskaden, unter denen die gesamte zivilisierte Welt wie unter einer neuzeitlichen Sintflut dem Tode durch Ersaufen entgegengeht. Schweigen ist Kraft: man frage bei Generalquartiermeister von Stein an, ob ich recht habe; Schwatzen schwächt bis zu völliger Verblödung: das wird das Endergebnis unserer heutigen Parlamente sein. Und fragt man, welche Rolle dem Volk als Gesamtheit in der Ökonomie des neu zu gestaltenden politischen Ganzen zukäme, so antworte ich: das Volk wird das unbewußte, allnährende Wurzelbett bilden, den schlummernden Kräftehort, und wird sich dann ebenso bewähren, wie es sich jetzt im deutschen Heere bewährt. Sobald man nämlich das Volk schweigen läßt, redet es vernehmlich. Seine Rede ist keine Dialektik, sondern etwas viel Höheres. Einen Monarchen kann man vertreten, einen Stand, ein Gewerbe kann man vertreten, – man kann nicht ein Volk »vertreten«; Volk ist Natur, und ein Herr Müller oder Meyer kann es ebenso wenig vertreten, wie er einen Berg oder einen Wald vertreten kann. Diese angebliche »Volksvertretung« tut nichts weiter als die eigentliche Volkskraft vernichten und ein Chaos herbeiführen: sie schafft unaufhörliche Ruhelosigkeit und daher Beängstigung; sie zernagt jede Wurzelfaser, die zum Leben getaugt hätte; sie rationalisiert durch ihr Hin- und Hergerede und entseelt durch ihr Gezänk alle großgedachten Pläne. Dazu verschluckt sie wie ein ungeheurer Drache Berge von Kraft und Ozeane von Zeit – die alle dem Nationalleben für immer verloren bleiben. Das wahre Volk ist der instinktive Erkenner und Förderer großer Persönlichkeiten; die Reichstage sind die unfehlbaren Verkenner jeder über das Mittelmaß hervorragenden Begabung: man lese Bismarck's Reden und lese dann die Reden, welche die Mitglieder des »Hohen Hauses« darauf folgen ließen. Es ist die Schule des Ekels! Jedoch es hat etwas zu sagen und bedeutet ein gutes Zeichen, wenn wir unter allen Parlamenten der Welt gerade im Deutschen Reichstag das unerträglichste erkennen müssen; daraus entnehmen wir, wie undeutsch diese Erbschaft aus der französischen Revolution ist. Freilich richtet auch die französische Kammer ihr Land allmählich zugrunde; immerhin geht es in ihren Räumen ungleich geistvoller und kurzweiliger zu als im Deutschen Reichstag; Rede und Gegenrede hin und wieder wie einen Ball werfen, liegt der französischen Begabung gut, nicht minder das theatralische Wesen solcher abgekarteter Debatten, zu denen die Zuschauer beiderlei Geschlechts hinströmen wie ins Theater. Dem deutschen Wesen dagegen steht das Alles ganz und garnicht. Auch das englische Parlament eilt mit rasender Schnelle einer Katastrophe zu seit dem Tage, wo es aufhörte, der Versammlungsort unabhängiger Gutsbesitzer und geistiger Kapazitäten zu sein, um die Beute der politisierenden Rechtsanwälte zu werden; doch leben noch große Traditionen aus dem echten alten Germanentum in dieser Versammlung fort und schenken ihr vielleicht mehr als den bloßen Schein einer Würde, die dem Deutschen Reichstag abgeht.

Keine Nation der Welt ist annähernd so reich wie Deutschland an vielfältigen politischen Gebilden; es braucht wahrlich nicht, sich von außen Regierungsformen zu borgen. Wie tot ist Frankreich, mit der einen einzigen Stadt, wo Politiker, Künstler, Gelehrte, Kokotten, Alle auf einem Haufen leben, ringsherum von 500 000 Quadratkilometer öder Philisterei umgeben, ohne Kunst, ohne Wissenschaft, ohne Gesellschaft, »*agri deserti*« in jeder geistigen Beziehung! Welches ungestaltete monströse Chaos stellt Rußland dar; ein nur dank dem Trägheitsgesetz zusammenhängendes Konglomerat! Welch schwaches Ideal im schönen Österreich, nur durch die Loyalität gegen das Haus Habsburg aneinander gekittet zu sein, sonst alle Teile feindlich auseinanderstrebend! Und wie ist England gesunken, seitdem es das angestammte aristokratische Regierungsprinzip aufopferte, um nur noch nach Geld zu fragen! Hingegen lebt jeder einzelne Fleck Deutschlands, weil mannigfaltigste historische Tradition hier überall noch webt und gestaltet, weil hier allein die Gegenwart aus der Vergangenheit hervorwächst. Die Königtümer, die Herzogtümer, die Freien Städte, die demokratischen und die aristokratischen Regierungsformen: aus dem allen sprießt ja ein Leben, wie es noch nie gesehen wurde. Um Gotteswillen keine Unifizierung und Uniformierung; Deutschland ist darum eine wahre, organische Einheit, weil es aus Teilen besteht! Das heutige Deutsche Reich ist ein völlig neues Gebilde in der Geschichte der Menschheit; darum kann und soll und muß und wird es neue Formen des politischen Lebens gebären (hat es auch zum Teil schon getan). Weg mit französischen und englischen Vorbildern!

Nicht weniger muß das politische Deutschland neue Wege in der ganzen Auffassung des Verhältnisses zu anderen Staaten einschlagen. Hier hat Bismarck den Weg vorgezeichnet. An Stelle der hergebrachten »Diplomatie« lehrte er Staatskunst üben, eine neue, echt deutsche Staatskunst: verschwiegen aber nicht verlogen, klug aber nicht machiavellistisch, mutig bis zur Tollkühnheit, doch in Wahrheit ebenso besonnen und berechnet wie ein Feldzugsplan des deutschen Generalstabes. Nach Bismarck's bedauerlich verfrühtem Abgang aber geriet Deutschland sofort wieder auf die fremden Irrwege. Man achtete nicht jene Hauptwahrheit: daß ein Staatsmann bei Gelegenheit einen vorzüglichen Diplomaten abgeben kann (siehe Bismarck in Petersburg und in Paris), niemals aber ein regelrechter

Diplomat den Stoff zu einem echten Staatsmann in sich trägt. Kein größeres Unglück konnte Deutschland begegnen, als wieder unter Metternichsche Regierungsprinzipien zu geraten. Man werfe nicht ein, die Geschichte kenne nur *einen* Bismarck; Grundsätze wirken mit Macht, sobald sie klar erkannt und tapfer ergriffen werden; sie geben die Richtung und zeugen sich die richtigen Männer, genau so wie im Kriege auf einmal die genialen Generale auftauchen, die im Frieden kein Mensch erraten hatte. Nein, an richtigen Männern fehlt es Deutschland auch hier gewiß nicht; nur muß ihnen Platz gemacht werden. Darum vor Allem: hinweg mit der alten Diplomatenschule! Nicht einmal innerhalb dieser eigentlichen »Diplomatie« besteht irgendein Deutscher gegen die Grey's und Delcasse's und Iswolski's und wie sie Alle heißen; das Beste an dem falschen System der nachbismarckischen Zeit war noch, daß man auf die gefährlichsten Posten Männer sandte, die dem Charakter und der Intelligenz nach unfähig waren, sich auf dunkle Schleichwege verleiten zu lassen; so kam wenigstens *ein* deutscher Zug inmitten des ganzen undeutschen Gebarens zur Geltung. Jetzt aber muß es anders werden, sonst unterliegt das politische Deutschland trotz aller Siege des militärischen Deutschland. Um Gotteswillen, keine Botschafterkonferenzen mehr!

Hat Deutschland erst die Macht errungen – und daß es sie erringen möge, das wollen wir zuversichtlich erwarten – so muß es sofort darangehen, genial-wissenschaftliche Politik zu treiben. Genau so wie Augustus eine systematische Umgestaltung der Welt vornahm, so muß jetzt Deutschland dasGleiche tun – aber auf welchem höheren Plan! Und wie unvergleichlich ausgerüstet zu diesem Behuf! Nichts darf dem Zufall überlassen bleiben. Große Politik kann nur von Wenigen erdacht und in eiserner Konsequenz durchgeführt werden; es ist absurd zu glauben, ein ganzes Volk könne »Politik« treiben, und nun gar jene Politik, zu der einzig Deutschland befähigt ist und die ihm allein ziemt. Man redet heute viel von »Volk«, und schließlich sind es immer bestimmte Kreise, welche die Gewalt an sich reißen und sie in ihrem egoistischen Interesse ausnutzen. Deutschland darf ebensowenig ein Industrie- wie ein Finanz- oder Agrarstaat werden; es muß von Kreisen regiert werden, die außerhalb aller Parteien und Sonderinteressen stehen; nur unter dieser Bedingung ist eine genial-wissenschaftliche Politik möglich. Es hört sich das vielleicht utopisch an; doch verlangt eine neue Weltzeit neue Methoden. Man übersehe doch nicht, daß, wenn auch Deutschland) jetzt in Europa siegt,des Kampfes damit noch kein Ende ist; die Bevölkerungen anderer Weltteile stehen da; siegen wird am letzten Ende nur, wer die Probleme ebenso klar erkannt hat wie Moltke die möglichen Kriegslagen, und wer, wie der deutsche Generalstab, stark und bewußt und treu und unbeirrbar und – vor Allem – ohne irgend ein Dreinreden von schwatzhaften volksvertretenden und volkzertretenden Advokaten bestehen zu müssen den einmal festgesetzten Plan durchführt.

Der neuen Zeit die neuen Ziele und die neuen Methoden!

Bayreuth, *8. September 1914.*

England

Cromwell, 1658: Auch wenn ihr Geschäfte treibt, schätzt ihr
euern kaufmännischen Vorteil nicht höher als Gottes Gnade,
vielmehr haltet ihr die göttliche Gnade für den größeren Ge-
winn.

Ruskin, 1880: Der Engländer bekennt heute nicht mehr: Ich
glaube an Gott, den allmächtigen Vater, Schöpfer Himmels
und der Erden, sondern: Ich glaube an Vater Dollar, den alles
Bewirkenden.

Eine alte Erfahrung lehrt: Wer sechs Wochen in einem fremden
Lande weilte, setzt sich getrost hin und schreibt ein flottes Buch, wo
klipp und klar und verblüffend einfach der National-Charakter, die
Sitten, die Eigenschaften und Fehler des Volkes beschrieben werden; wie der Engländer sagt: *he that runs may read,* man kann's im
Laufen lesen. Weit bedächtiger schreibt der, welcher sechs Monate
auf eifrig gewissenhafte Beobachtungen verwendete; sein Buch läuft
Gefahr, durch die vielen Vorbehalte und Fragezeichen den Leser zu
langweilen, der Bestimmtes erfahren wollte und nun im Schwan-
kenden tappt. Wer aber sechs Jahre dort gelebt und die Gelegenheit
besessen hat, einer Anzahl verschieden gearteter Individuen der
betreffenden Nation nah und näher zu treten, so daß er in ihrem
Gemüte die Folge der Ereignisse in Wirkung und Gegenwirkung
genau wahrnehmen und nicht bloß den Charakter, sondern auch
die eigenartige Richtung des Charakters kennen lernen konnte: der
wird die Absicht, über jenes Volk ein Buch zu schreiben, aufgeben,
weil er nicht hoffen darf, dem unübersehbar vielfältigen Gegenstand gerecht zu werden. Etwas anderes ist es, wenn ein Mann, der
dem betreffenden Volke selbst angehört und daher eine unerschöpf-
liche und unausschöpfliche Kenntnis desselben besitzt, sinnend das
ihm ebenfalls vertraute Vergangene an sich vorüberziehen läßt: tiefe
Einblicke tun sich ihm dann an gewissen Punkten auf; es sind solche, wo Charakter und Geschichte sich schneiden. Plötzlich erkennt
er dann, daß dieser Charakter, hätte der historische Verlauf ihm
nicht gerade die eine bestimmte Richtung auferlegt, sich ganz anders müßte entwickelt haben, und daß die gleiche geschichtliche
Wendung bei einem abweichend gearteten Charakter sicherlich zu

anderen Ergebnissen geführt hätte. Freilich muß man sehr behutsam verfahren, sobald man überhaupt von dem »Charakter« eines Volkes spricht; denn da dieser angebliche Charakter sich notwendigerweise aus ungezählten, verschiedenen einzelnen Charakteren zusammensetzt, so läuft man Gefahr, ein Bild nach Art der von Lombroso gefertigten zu erhalten, der fünfzig Gesichter von Mördern übereinander photographieren ließ, um auf diese Weise die Physiognomie des Idealmörders zu ermitteln, woraus ein völlig charakterloser Typus entstand, dessen einzige ganz sichere Eigenschaft es ist, keinem Mörder, der je gelebt hat, ähnlich zu sehen. Bei der Nation jedoch tut die überallhin verzweigte Blutsverwandtschaft viel zur Vereinheitlichung, und viel tut auch die sogenannte Massen-Psyche, d. h. der Einfluß, dem der Einzelne innerhalb einer Allgemeinheit unterliegt. So offenbart sich z. B. in diesen Tagen eine Einheit im deutschen Volks-Charakter mit erschütternder Überzeugungskraft: 1914 ist eben für Deutschland einer jener Augenblicke, wo Geschichte und Charakter sich schneiden; plötzlich gewinnen wir einen Einblick querdurch in ein Innerstes, das sonst die täuschende Oberfläche dem Auge entzieht. Ebenso offenbart sich aber gerade in diesem selben Augenblick – nicht, das wollen wir zu Gott hoffen, mit der gleichen Einmütigkeit, aber doch deutlich und allbestimmend – ein Kreuzungspunkt englischen Charakters und englischer Geschichte; und auch hiervor stehen wir erschüttert, aber erschüttert vor Entsetzen und vor Schamgefühl. Denn es nützt nichts, wenn Publizisten die Parole ausgeben: die Engländer seien keine Germanen mehr, das bewiesen sie durch ihr Verhalten; sie sind doch Germanen, reinere Germanen als viele Deutsche, und die Entwickelung der letzten zwei Jahrhunderte hat unter anderm das immer stärkere Hervortreten des Angelsächsischen – also des eigentlich Deutschen – auf Kosten des Normännisch-Fränkischen, bewirkt (abgesehen davon, daß letzteres sich durch Kreuzung immer mehr im ersteren verliert). Man werfe nicht den Einfluß der Juden ein, der zwar gerade in der am Ruder befindlichen Regierung Englands besonders groß ist; Deutschland zählt aber zehnmal so viele Juden, und wo sind sie jetzt? Wie weggeputzt von der gewaltigen Erhebung; als »Juden« nicht mehr auffindbar, denn sie tun ihre Pflicht als Deutsche vor dem Feinde oder daheim; während die englischen Juden, die doch die leibhaftigen Brüder und Vettern der deutschen Juden sind, dort alles Schändliche wie toll mitmachen, ihre deutschen Namen in englische schnell umwandeln und in der ihnen fast allein gehörigen Presse an der Spitze des Verleumdungs-Feldzuges gegen die Deutschen marschieren. Erhebt sich eine Nation, so folgt der Jude, er führt nicht. Weit tiefer, in den Vorgängen langer Jahrhunderte, sind die Ursachen der Entwickelung zu suchen, die England dahin geführt hat, wo es heute steht. Es war dies eine der möglichen Entwickelungen der germanischen Menschenart; aus der Diagonale zwischen Geschichte und Charakter ist sie dort zur Tatsache geworden.

Wer über Staatengeschichte nachsinnt, wird immer wieder staunen, welche weithin reichende und zugleich unabsehbar verästelte Wirkung einfache Begebenheiten und kaum bemerkbare Schicksalswendungen ausüben. Es genügt, eine einzige Begebenheit am Anfang der Geschichte Englands ins Auge zu fassen und eine einzige, durch äußere Umstände veranlaßte Wendung, die ein halbes Jahrtausend später stattfand, um Manches zu begreifen, was sonst ein unlösbares Rätsel bildet. Aus diesen zwei Tatsachen entsteht nämlich – als Wirkung – eine dritte; aus der eigenartig bestimmten Wirkung erfolgt aber notwendig eine ebenso eigenartige Gegenwirkung; und so baut sich zuletzt – wie bei allem organischen Leben – aus denkbar einfachsten Elementen ein unendlich mannigfaltiges, einzigartiges Ganze auf, an dem alle Teile zugleich bedingend und bedingt sind. Der Eroberungszug der Normannen, die im 11. Jahrhundert die angelsächsische Bevölkerung sich unterwarfen, ist die »Begebenheit«, die ich im Sinne habe; die »Wendung« ist diejenige, durch welche die ackerbautreibende, wasserscheue Bevölkerung Englands nach und nach, etwa vom 16. Jahrhundert ab, in eine seefahrende, handeltreibende umgewandelt wurde. Daß unterscheidende und für jeden Fremden unerklärliche Charakterzüge der englischen Nation in erster Reihe von der Verquickung des unter Alfred schon zu hoher Blüte gelangten sächsischen Staatswesens mit dem Geiste der normannischen Kraftmenschen herstammen, kann nicht bezweifelt werden; ebenso wenig aber, daß von dem Augenblick ab, wo die Wendung zum Seehandel stattfand, auch eine Änderung des im Laufe von fünf Jahrhunderten deutlich herausgebildeten Gesamtwesens anhub, die im letzten Ende zu der Katastrophe führen mußte, deren Anfang wir heute erleben.

Unter »Adel« versteht man in England nicht, was man in anderen Ländern darunter versteht; es handelt sich nicht um eine Titulatur, durch welche sämtliche Angehörige einer Familie für alle Zeiten sich äußerlich abheben, sondern um die Angehörigkeit zu einer gesellschaftlichen Kaste, die sich innerlich vom übrigen Volke unterscheidet. Unaufhörlich fallen Menschen aus dieser Kaste heraus, unaufhörlich gelangen Andere durch Assimilation in sie hinein. Jeder Engländer, der zur »Nobility« und »Gentry« gehört, ist gleich in der ersten Minute zu erkennen: sehr häufig schon an den Gesichtszügen, immer aber am Gesichtsausdruck, an dem Gebaren, an der Stimme, vor Allem – und zwar mit unbedingter Sicherheit – an der Sprache. Nach dem Titel, den ohnehin immer nur einer der Lebenden führt, fragt Niemand; einzig auf die Kaste kommt es an. Gerade die vornehmen Leute schlagen oft Titel aus; zu den angesehensten Familien gehören solche, die durch die Jahrhunderte hindurch stets jede Adelsverleihung zurückgewiesen haben. Man weise nicht auf die Analogie im Frankreich des *ancien régime*; sie führt irre. Zwar war der fränkische und burgundische und gotische Adel bis zur Revolution deutlich unterscheidbar vom übrigen Volke; heute findet man jene großartigen Physiognomien in Frankreich nur sehr vereinzelt; in England liegen aber die Verhältnisse von Anfang an anders und haben in Folge dessen eine andere Bedeutung gewonnen. Die Burgunder und Franken und Goten waren als ganze Völker in Gallien eingebrochen; der größere Teil verschmolz vollständig mit den früheren Einwohnern, nur Fürsten und Edle hielten sich geschieden und waren zahlreich genug, diese Inzucht lange Zeit durchführen zu können. Verhältnismäßig gering an Zahl waren dagegen die Adelsgeschlechter, die aus der Normandie und aus Anjou den ersten Königen nach England folgten; so blieb denn dieser Adel, der nur einige wenige sächsische und dänische Adelsstämme in sich aufnahm und assimilierte, von dem ungemischt angelsächsisch verbleibenden Volke vollkommen getrennt; hieraus entstand nun die Tatsache der England allein unterscheidenden oberen Kaste, die bis zum heutigen Tage ihre eigene Sprache – genauer gesagt, ihre eigene Aussprache besitzt, doch umfaßt die Aussprache auch zahllose Wörter und Wendungen, welche die der Kaste nicht angehörigen Engländer ebenso wenig je richtig beherrschen wie die ihnen unzugängliche Aussprache. Aus diesem Umstande ergab sich eine Zwiespaltung, die noch heute das Volk in zwei unüberbrückbar geschiedene Bestandteile scheidet: einen oberen und einen unteren, einen vornehmen und einen unvornehmen.

Wilhelm der Eroberer hat sich bemüht, doch ohne Erfolg, das Angelsächsische zu lernen; unter den ersten Königen nach ihm – so erzählt der große Staatslehrer Hobbes – erhielten Diejenigen, die sich über die Tyrannei des neuen Adels beschwerten, die Antwort: Schweig, *thou art but an Englishman*, du bist bloß ein Engländer! Und doch siegte dieser bloße Engländer insofern als er sich weigerte, Französisch zu lernen. Ebenso aber – und hier liegt der kritische Punkt – ebenso weigerte sich die obere Kaste, das Angelsächsische zu lernen.

Aus diesem zwiefachen Eigensinn entstand eine neue Sprache; wir nennen sie heute die englische; sie entsprang aus zwei sich bekämpfenden Idiomen, von denen jedes die Vorherrschaft für sich wollte; aber auch nach der endgültigen Festsetzung lebte der Kampf weiter in den noch heute herrschenden zwei Aussprachen: der vornehmen und der gemeinen.

Wer diesen einen Punkt – die Sprache – ins Auge faßt, wird, auch ohne England persönlich zu kennen, bald einen tieferen Einblick in manche Verhältnisse gewinnen, als lange Bücher ihm geben können. So sind z. B. höhere Schulen, der ganzen Nation offen – wie in Deutschland, Frankreich, Italien, überall – in England unmöglich. Ich kann doch nicht meinen Sohn in eine Schule schicken, in der er von seinen Kameraden und auch von seinen Lehrern die Aussprache »och« für »hoch« und »Hinsel« für »Insel« sich angewöhnen wird, dazu das widerliche Näseln, das in den Stadtbevölkerungen Englands daheim und inzwischen in Amerika und Australien so verheerend sich entwickelt hat. Das Gymnasium und die Realschule sind also unmöglich; es gibt Anstalten, wo die Kinder der Vornehmen erzogen werden und es gibt Anstalten, wo die Kinder der Unvornehmen erzogen werden; die Buben kennen sich nicht, reden nie mit einander, verachten sich gegenseitig. Folglich ist auch eine Universität im deutschen Sinne unmöglich. Die alten Universitäten sind ausschließend vornehm und züchten jene exquisiten englischen Gelehrten, die, allem Gemeinen in den Klausuren ihrer mittelalterlichen »Colleges« entrückt, zugleich welterfahren, wie sich das von selbst aus der Angehörigkeit zu den herrschenden Klassen einer herrschenden Nation ergibt, oft über unbeschränkte Muße zu Forschungen und Reisen gebietend, in ihrer Person und in ihren Büchern vielleicht die vollkommenste Kultur darstellen, zu welcher der Mensch heute gelangen kann; freilich, man muß es zugeben, sie sind ein Treibhauserzeugnis. Die neuen Universitäten sind aber in der Hauptsache nur Fachschulen; an ihnen wirken einzelne bedeutende Forscher – namentlich Chemiker, Physiker, Mechaniker u. dgl. – die fast Alle in Deutschland studiert haben; den nur aufs Praktische gerichteten, in keiner Weise der reinen Wissenschaft dienenden Charakter der Anstalten vermögen sie nicht zu beeinflussen. Die eine der tragenden Säulen des heutigen Deutschland fehlt also ganz in England: die allverbindende, das gesamte Leben der Nation in tausend Kanälen durchdringende und sie zu einer Kultureinheit erhebende Schule und Hochschule.

Nicht minder fehlt in England die Möglichkeit zu einer Volksarmee, zu jener gewaltigen sittlichen Schöpfung, die man das Rückgrat des heutigen Deutschland nennen kann. Denn das deutsche Heer besäße nicht diese ungeheure moralische Kraft, wenn sich nicht in ihm die unbedingte Einheit aller Kräfte der Nation betätigte und bespiegelte: von des Kaisers Majestät an der Spitze bis zu dem jüngsten Bauernrekruten, Alle bilden eine einzige Familie, Jeder ist Jedem ein Kamerad, sie Alle eint der Gehorsam, eint die Pflicht, eint die Liebe zum Vaterland. Ehe die Armee entstehen und die Einheit Deutschlands zu höchster Macht ausgestalten konnte, mußte die moralische und geistige Einheit da sein, eine solche Armee zu wollen und zu schaffen. Diese fehlt in England. In England wissen die zwei Hälften des Volkes – die kleine und die große – nichts voneinander, garnichts. Ich kann zwanzig Jahre lang einen Diener haben und weiß nicht mehr von ihm und über ihn als von der Seele meines Spazierstocks; der Stolz des Engländers, der nicht zur oberen Kaste gehört, ist seine Unnahbarkeit; er will nicht gefragt werden, er will nicht sprechen, er wünscht nicht »Guten Morgen« und »Gute Nacht«; begegnet er seiner Herrschaft auf der Straße, er geht auf die andere Seite hinüber, um nicht grüßen zu müssen. Was für eine Kameradschaft kann es da zwischen Offizier und Soldat geben? Woher soll die Einheit kommen? Es ist und bleibt das Verhältnis eines Adeligen, der Menschen aus einer anderen Welt Befehle gibt und Gehorsam durch seine angeerbte Überlegenheit erzwingt.

Nebenbei gesagt, ist der Engländer aus dem Volke von jeher durchaus unkriegerisch. Die Plantagenets hatten viele Kriege in Frankreich und zeichneten sich im Heiligen Lande aus; doch außer dem Adel bekamen sie in England keine Soldaten; Green – der bekannte Geschichtsforscher – schreibt:»Um Kriege und Kreuzzüge kümmerte sich die Bevölkerung Englands garnicht; an ihren Königen schätzte sie das eine, daß sie der Insel dauernden Frieden verschaffen.« Und das blieb so bis auf den heutigen Tag, wo die englische Armee zum überwiegenden Teil aus keltischen Iren und keltischen Schotten besteht; die eigentlichen Engländer lassen sich nicht anwerben. In den englischen Schlachten der Vergangenheit haben wohl Engländer aus dem Adel befehligt, doch die Heere bestanden aus fremden Söldnern, zumeist aus deutschen. Die Schlachten in Indien sind von Anfang an der Hauptsache nach von indischen, nicht von englischen Soldaten geschlagen worden; ein Fünftel Engländer war die gesetzlich bestimmte Norm und diese »Engländer« waren, wie gesagt, zumeist Iren. Die köstlichen Schilderungen der Anwerbung von Soldaten in England, die wir Shakespeare verdanken, sind jedem gebildeten Deutschen aus Heinrich IV., zweiter Teil, vertraut; in den Briefen des englischen Gesandten in Venedig, Sir Henry Wotton, wird man aus der selben Zeit eine ergötzliche historische Bestätigung finden. Anfangs 1617 will England der Republik gegen Spanien beistehen. Die Dienste eines schottischen Grafen, welcher Soldaten aus Schottland und Irland mitbringt, nimmt der Doge an, doch für die angebotenen englischen Streitkräfte bedankt er sich,»er habe von ihnen keine hohe Meinung und wisse, wie sehr ihre Kampflust von den drei B's abhänge – Beef, Bier und Bett!« Dann schlage man in von Noorden's»Spanischem Erbfolgekrieg« nach; man wird sehen, daß 1708 England sich entschließen muß,»dem von Jahr zu Jahr empfindlicheren Mangel an englischen Rekruten auf gesetzgeberischem Wege abzuhelfen«. Es ist immer die selbe Geschichte: 1200,1600, 1700 und 1900; ich könnte mit Dutzenden von Belegen dienen. Die Insellage allein genügt nicht zur Erklärung; unter unseren Augen hat das Inselreich Japan eine formidable Volksarmee ausgebildet. Ich bin überzeugt, die wahre Ursache ist in jener »Begebenheit« der Rassenmischung, gefolgt von gesellschaftlicher Spaltung zu suchen; später dann vermehrt noch durch die»Wendung«, von der ich gleich sprechen werde. Zur Ergänzung sei noch erwähnt, daß die Theorie, England brauche keine größere Armee und solle beileibe keine ausbilden, schon frühzeitig die Praxis unterstützte; kein Staatsmann wurde – und wird wohl noch heute – höher von seinen Landsleuten geachtet als Lord Bolingbroke; weit über sein Leben hinaus blieb er der Prophet des besonderen Entwickelungslaufes des modernen England; mitten unter den Siegen der Königin Anna führt nun Bolingbroke in seinen »Bemerkungen über die Geschichte Englands« aus, England solle eine große Flotte besitzen, nicht aber eine stehende Armee; denn diese »bringe die Insel dem Festlande zu nahe«, wogegen es Englands Interesse sei, die Kontinentalmächte sich gegenseitig bekriegen zu lassen, »ohne sich zu tief einzumischen«; eine Armee würde »große ökonomische Unzuträglichkeiten mit sich führen und zugleich Gefahren«.

Nur kurz sei noch ein Drittes erwähnt: die gesamte Gesetzgebung Englands – der Staat, seine Konstitution, seine Politik – ist das Werk der einen gesellschaftlichen Schicht nur, ohne jede wahre Beteiligung der anderen. Hobbes, der Aufrichtige, gesteht es: »Das Parlament hat nie die ganze Nation vertreten.« Der springende Punkt wäre doch die Reformation; denn überall bildet die Religion das innerste Rad aller Politik; und was finden wir? Diejenigen Engländer, die sich im Ernste von Rom losrissen, mußten das Vaterland bald fliehen und sich in den Wüsteneien Nordamerikas die Gewissensfreiheit suchen; dagegen die Loslösung der Staatskirche als eine rein politische Maßregel erfolgte, vom sehr absolutistisch regierenden Heinrich VIII. fast ohne Befragen des Parlaments bestimmt; die Bevölkerung Englands hatte sich »römisch-katholisch« schlafen gelegt und erwachte am nächsten Morgen »anglikanisch«. Es gehört zu den Dingen, die mich immer gereizt haben, das Gerede über die politische Freiheit Englands: hat es sich doch von Anfang der Geschichte bis jetzt nur um die Freiheit einer Kaste gehandelt. Athen hatte Muße »frei« zu sein, weil den 20 000 freien Bürgern 400 000 Sklaven dienten; England hat sich den Luxus eines sogenannten freien Parlaments leisten können, weil dieses Parlament ganz und gar in den Händen reicher Leute war, denen das Regieren Lust und Leben bedeutete. Ein in Deutschland viel zu wenig bekannter Schriftsteller, Thomas De Quincey – eine der reichsten Begabungen an Geistesschärfe, Wissen, Gedächtnis, Federkraft, die England je hervorgebracht – zeigt, daß die Erweiterung des Einflusses und der

Befugnisse des Unterhauses seit zirka 1 600 nicht etwa einem Aufleben der Volkskraft zuzuschreiben sei, sondern der Vermehrung des Kleinadels, also der von jüngeren Söhnen herstammenden Familien; diese haben nach und nach den großen Feudaladel und die Bischöfe beiseite gedrängt. Sehr klug war es vom Parlament, auch dem Volke Rechte zu ertrotzen: das hat es gegen den König gestärkt und ihm erlaubt, Denjenigen zu enthaupten, der sich von der herrschenden Kaste nicht wollte dreinreden lassen; nicht weniger blutig hat es aber jedes Volksgelüst nach Macht zu unterdrücken gewußt. Auch heute, wo die Wahlberechtigung derart erweitert ist, daß bedeutende Teile des unvornehmen Volkes mitreden, behauptet sich noch immer die alte Gewalttätigkeit der herrschenden Klasse. Mancher Leser wird Dickens' Schilderung einer Parlamentswahl aus Pickwick kennen. Ich selber kann sie aus späterer Zeit bestätigen. Am Tage der Wahl brachte früh in die kleine Provinzstadt, wo ich weilte, ein Extrazug 400 » *roughs*«, das heißt rohe Männer, unheimliche Kraftgestalten mit frechen oder verbrecherischen Physiognomien aus der nächsten Fabrikstadt, ein Jeder mit einem gewaltigen Knüppelstock versehen. Das war die von der konservativen Partei engagierte Garde; an und für sich ging diese Männer die Wahl in einer fremden Stadt nichts an, sie waren aber dazu da, um angehende liberale Wähler einzuschüchtern und – wenn das nicht genügte – ihnen den Schädel einzuschlagen. Gottlob war der liberale Ausschuß auch nicht faul gewesen, und kurz nachher trafen 300 noch unheimlichere Gesellen aus einer anderen Gegend ein. Den ganzen Tag über wurde nun gejohlt, geprügelt, die Wähler aus den Wagen bei den Füßen herausgezogen, die Redner mit faulen Eiern ins Gesicht beworfen usw. Eine eigentümliche Auffassung von der Freiheit der politischen Meinung und des Wahlrechts! Abends erfuhr ich's noch am eigenen Leibe. Denn ich war damals Schüler in einem » *College*«, und von den 80 Insassen des Lehrerhauses der Einzige, der die liberalen Farben trug und sich dadurch zu Gladstone bekannte; auch die Bitten der Lehrer vermochten mich nicht, die Farben meiner Gesinnung abzulegen und Disraeli's ans Knopfloch heften zu lassen; und so fiel denn auf einmal die ganze Meute über mich her, warf mich zu Boden und verprügelte mich, bis Lehrer und Diener zu Hilfe eilten. Ich habe an jenem Tage – 46 Jahre sind es her – mehr über englische Verfassung und englischen Freiheitsbegriff gelernt als später aus den Büchern von Hallam und Gneist.

Es stehen sich in der Politik Englands zwei Roheiten gegenüber und ergänzen sich: die rohe Gewalttätigkeit der ans Herrschen gewöhnten Klasse, und die Grundroheit der gänzlich unkultivierten Masse, die, wie oben dargelegt, nirgendswo mit etwas Höherem Fühlung gewinnt.

Alle diese Erscheinungen gehen auf jene Begebenheit zurück, die als jähe Gewalttat im Jahre 1066 die schöne Kultur des angelsächsischen Staates vernichtete und das Königreich »England« schuf. Ich bin der Meinung: Englands Aufschwung und Englands Niedergang wurzeln beide hier.

Nun aber die merkwürdige »Wendung«; denn ohne sie wäre vermutlich die allgemeine Demoralisation aller Schichten, die wir heute beklagen, nie eingetroffen.

Schon längst ist John Robert Seeley, in seinem klassischen Buche» *The Expansion of England*«, gegen die Legende aufgetreten, als seien die Engländer von Hause aus kühne Seefahrer, nach Art der Wikinger und der frühen Normannen; das Gegenteil ist wahr. Es hat viel Mühe und viel Zeit gekostet, den Engländern Geschmack fürs Wasser beizubringen. Seeley macht zugleich aufmerksam, daß die Engländer in Wirklichkeit gar keine Eroberer sind: Kolonien haben sie gegründet, wo die Länder leer standen oder nur von nackten Wilden bewohnt waren; andere haben sie von Holländern, Franzosen, Spaniern durch Verträge ergattert – oder aber, wie zum Beispiel Malta, durch Vertragsbruch. Indien ist durch indische Truppen unterworfen worden; niemals hat England mit Waffengewalt Eroberungszüge unternommen, wie die Spanier und die Franzosen. Der Engländer führt nicht wie Alexander oder Cäsar um des Ruhmes willen Krieg. »Für England«, sagt Seeley, »ist der Krieg eine Industrie, eine der möglichen Arten reich zu werden, das blühendste Geschäft, die einträglichste Geldanlage.« Man mag das loben oder nicht; ich erwähne es nur, weil dieser Zug die andern ergänzt: daß die Engländer keine Soldaten sind und auch nicht kühne, verwegene Seefahrer, sondern einzig und allein durch den Handel aufs Wasser gelockt wurden; Handel im Frieden, Handel durch Krieg; Armee und Marine, beide, nicht zur Verteidigung und Stärkung der Heimat, sondern zur Beförderung der in allen Weltteilen betriebenen Bereicherung; sicherlich tüchtig und tapfer, doch nicht der Ausdruck einer nationalen Not und einer moralischen Idee.

Natürlich hatte die Insellage es von jeher mit sich gebracht, daß England Vieles von jenseits des Wassers erhalten mußte; nicht nur Eroberer kamen von dort her, auch Waren aller Art. Lange Jahrhunderte lag aber dieser Handel in fremden Händen.

Unter den Nachfolgern Wilhelm's des Ersten waren es die Franzosen der Normandie und Picardie, die den englischen Handel monopolisierten; dann griff namentlich die deutsche Hansa ein, später die sogenannte flämische Hansa; Venedig und Genua besorgten, laut besonderen Abmachungen, den ganzen Handel von und nach dem Mittelländischen Meere, ohne Dazwischenkunft englischer Schiffe. Selbst das Fischen an der englischen Küste wurde zumeist von Niederländern betrieben; so daß, als Heinrich VIII. die schüchternen Versuche der ersten Gesellschaft der » *Merchant Adventurers*« zu fördern und zu ihrem Schutze eine kleine Kriegsmarine zu schaffen versucht, er nicht weiß, woher er die Matrosen nehmen soll; es gab unter den Engländern keine Seeleute. Um diesem Übelstande abzuhelfen, wurde unter seinem Nachfolger, Eduard VI., im Jahre 1549 ein Gesetz erlassen, das den Engländern das Fischessen am Freitag und Sonnabend, sowie zur Fastenzeit und an allen Bet- und Bußtagen gegen Geldstrafe anordnete! Elisabeth verfehlte nicht, diese Maßregel von neuem einzuschärfen und auch sonst den Fischfang möglichst zu heben. Zu einer Zeit also, wo Italiener, Spanier, Portugiesen schon längst Geschlechter von genialen, heroischen Ozeanfahrern hervorgebracht hatten, mußten Zwangsmaßregeln die Engländer nach Heringen und Flundern aufhetzen, damit sie mit dem feuchten Elemente vertraut würden! (Vgl. *Cunningham: Growth of English Industry an Commerce.*) Freilich, jetzt ging es schnell aufwärts; und jener Doge, der sich für englische Soldaten bedankte, nahm gerne die Hilfe einiger englischer Kampfschiffe an, die zwar nur bewaffnete Kauffahrteischiffe waren, doch zur königlichen Flotte gezählt wurden. Zum allerersten Male in der Geschichte segelten Juli 1518 sieben englische Kriegsschiffe ins Mittelländische Meer ein, als bescheidener Bestandteil einer mächtigen holländischen und venezianischen Flotte (*Corbett: England in the Mediterranean.* Jetzt hatte England die neue Weltlage und die Gelegenheit, die sie gerade ihm zur Bereicherung bot, erkannt. Alles Problematische war ja schon von Anderen geleistet: der Ost- und der Westweg entdeckt, die Neue Welt aufgeschlossen, Indien zugänglich, mit China Fühlung gewonnen; jetzt hieß es nur zugreifen nach der Moral des Mephistopheles:

Man fragt um's Was? und nicht um's Wie?
Ich müßte keine Schiffahrt kennen:
Krieg, Handel und Piraterie,
Dreieinig sind sie, nicht zu trennen.

Hiermit ist die nun einsetzende Politik Englands genau bezeichnet: Krieg, Handel und Piraterie.

Sobald sich England auf den überseeischen Handel legt, ist gleich der Haß da: und zwar als erstes, der Haß gegen die deutsche Hansa; wer Näheres erfahren will, braucht nur in Schanz: »Englische Handelspolitik« nachzuschlagen. Sofort ist auch das Räuberwesen da: ohne Krieg zu erklären, fällt England wie ein Geier auf das nichts ahnende spanische Jamaica, und gründet so sein westindisches Reich. Lange Zeit hindurch beschränkt sich Englands »Kolonialtätigkeit« darauf, auf offenem Meere die spanischen Galeone abzufangen, die mit Gold und kostbaren Waren beladen heimfahren. Überhaupt wächst das Kauffahrtei treibende England überall an den anderen Nationen empor und wird dann durch deren Vernichtung groß und größer. Die Piraterie geht voran; an ihr blüht der Handel auf; Krieg macht man, wo es nicht anders geht, doch immer eingedenk der « *Island policy*« Lord Bolingbroke's. Erst verbindet sich England mit Holland, um Spaniens Kolonialreich zu vernichten, dann mit Frankreich, um Holland den Lebensnerv zu durchschneiden, dann erspäht es, wie genial der große Franzose Dupleix das indische Problem erfaßt hat, macht's ihm nach und hetzt die Inder gegen die Franzosen, die dort friedlich ihren Handel trieben, dann die Inder gegen die Inder, bis es zuletzt – wie Seeley sagt – »ohne Eroberung« eines der größten Reiche der Welt sich unterworfen hat. An der Schwelle des 19. Jahrhunderts urteilt der milde und zugleich unbeirrbar scharf erblickende Kant, England sei »der gewaltsamste, kriegerregendste Staat«. Wie gottverlassen amoralisch das Volk unter dem Einfluß dieses neuen Geistes bald wurde, das möge ein einziges Beispiel vor Augen führen. Wie werden in englischen Schulen die Schlachten gefeiert, die Marlborough mit seinen deutschen Soldaten gewann! Was war nun ihr wahres Ziel und ihr Erfolg? England das Monopol des Sklavenhandels zu sichern! Lecky, der Verfasser der großen »Geschichte Englands im 18. Jahrhundert« sagt, nach den Utrechter Friedensverträgen (1713) habe der Sklavenhandel »den Mittelpunkt der ganzen englischen Politik« ausgemacht. Solange dieser Handel einträglich blieb, betrieben ihn die Engländer; Liverpool z. B. ist nicht durch seine Industrie, sondern durch das Erjagen und Verschachern unseliger Millionen von Schwarzen groß geworden. Der patriotische Geschichtschreiber Green bezeugt wörtlich: »Die entsetzlichen Grausamkeiten und die Ruchlosigkeit dieses Handels, der Ruin Afrikas und die Zerstörung der Menschenwürde erregten bei keinem Engländer Mitleid.« Dann allerdings geht Green über zur Schilderung der Bemühungen einzelner Philanthropen; doch vermochten diese Jahrzehnte lang garnichts; das Parlament blieb taub; die Kaufleute waren empört ... bis zu dem Tage, wo eine neue Situation diesen Handel unerwünscht scheinen ließ, und nun unter widerlich heuchlerischen Beteuerungen von Humanität und von Englands Mission, allen anderen Völkern leuchtend voranzugehen usw. der Sklavenhandel gesetzlich abgeschafft wurde. Hierüber sind wir so glücklich, das klare, unvergängliche Urteil Goethe's zu besitzen: »Jedermann kennt die Deklamationen der Engländer gegen den Sklavenhandel, und während sie uns weismachen wollen, was für humane Maximen solchem Verfahren zugrunde liegen, entdeckt sich jetzt, daß das wahre Motiv ein reales Objekt sei, ohne welches es die Engländer bekanntlich nie tun und welches man hätte wissen sollen. An der westlichen Küste von Afrika gebrauchen sie die Neger selbst in ihren großen Besitzungen, und es ist gegen ihr Interesse, daß man sie dort ausführe. In Amerika haben sie selbst große Negerkolonien angelegt, die sehr produktiv sind und jährlich einen großen Ertrag an Schwarzen liefern. Mit diesen versehen sie die nordamerikanischen Bedürfnisse, und indem sie auf solche Weise einen höchst einträglichen Handel treiben, wäre die Einfuhr von außen ihrem merkantilischen Interesse sehr im Wege, und sie predigen daher nicht ohne Objekt gegen den inhumanen Handel.«

Es ist im Rahmen eines Aufsatzes unmöglich, und wohl auch unnötig, zu schildern, wie, auf diesem Wege der immer ausschließlicheren Hingabe an Handel, Industrie, überhaupt an Gelderwerb Englands Agrikultur nach und nach zugrunde ging. An der Wende zwischen dem 18. und dem 19. Jahrhundert lebten die englischen Weber noch auf dem Lande in bequemen Häusern mit Gemüsegärten und Feldern; heute kann sich nur ein sehr reicher Kaufmann den Luxus gönnen, in England auf dem Lande zu leben, denn dessen Anbau zahlt nicht die eigenen Kosten. Im Jahre 1769, bei einer Gesamtbevölkerung von 8 1/2 Millionen, waren 2 800 000 mit der Bebauung des Landes und der Pflege der Heerden beschäftigt; im Jahre 1897, bei einer Bevölkerung von rund 40 Millionen, arbeiteten Alles in Allem 798 000 Männer und Frauen auf dem Lande (*Gibbins: The industrial History of England*, 5. Aufl).

Hiermit hängt nun eine tiefgreifende Umänderung des ganzen Charakters der Bevölkerung in beiden Schichten zusammen; durch diese Wendung ist Leben und Seele des Engländers nach und nach vollkommen umgewandelt worden. Das alte England hatte Jahrhunderte lang das unschätzbare Glück genossen, keinen äußeren Feind befürchten zu müssen, und seine wenigen Kriege hatte es, wie schon bemerkt, durch fremde Soldaten schlagen lassen. So blühten denn Landbau und Landleben auf, und – wie die alten Dichter uns zeigen und die neuen Gelehrten uns ziffernmäßig nachweisen – nicht nur die Herren, sondern auch die kleineren Pächter und Knechte waren ungleich besser daran als heute. In ganz Europa genoß England den Ruf des Wohlbehagens und der »Heiterkeit«. Einem Reisenden des 15. Jahrhunderts fällt es auf, daß die Engländer, »weniger geplagt als andere Leute mit harter Arbeit, ein verfeinertes und mehr den geistigen Interessen gewidmetes Leben führen«; ein Anderer rühmt ihre unvergleichliche »Artigkeit«. Das ist Alles anders geworden. Über die »geistigen Interessen« im heutigen England erzählte ich Einiges in dem Aufsatz »Deutsche Freiheit« (S.19); was aber das »*merry old England*« (heitere alte England) betrifft, dessen höchste Blüte – Jedem von uns aus Shakespeare und aus Walter Scott vertraut und lieb – in die Zeiten Heinrich's VIII. und Elisabeth's fällt, es ist nach und nach, zuerst ganz allmählich, später rasend schnell, genau im gleichen Schritte – aber in umgekehrter Richtung – mit der Entwickelung der Schiffahrt und der Industrie entschwunden. In den Romanen des 18. Jahrhunderts glüht es nach in schwülem, unheimlichem Abendrot; das Genie

Dickens' zeigt es noch um die Mitte des 19. Jahrhunderts in den Herzen einzelner naiver verschrobener Seelen, wo es zwischen Karikatur und melancholischer Einsicht in das eigene unwirkliche Schattendasein hin und her flackert, dem Tode entgegen; heute ist die letzte Spur zertreten: man trifft in England keine Behäbigkeit, keinen breiten, gütigen Humor, keine Heiterkeit an; Alles – soweit das öffentliche Leben in Betracht kommt – ist Hast, Geld, Lärm, Pomp, Protzentum, Vulgarität, Arroganz, Mißmut, Neid. Man erinnert sich des schönen alt-englischen Weihnachtsfestes mit dem Schmuck von fruchttragenden Stechpalmen und den Mistelzweigen, unter denen unschuldige Küsse gestohlen wurden; am wenigsten an diesem Tage war, selbst noch vor 30 Jahren, in ganz England auch nur ein Mensch aus seinem Heim zu locken; heute sind die Säle aller Riesengasthäuser Londons schon wochenlang vorher ausvermietet; an 1000 Tischen sitzt Familie an Familie, ißt und zecht und lärmt, bis dann um Mitternacht das gemeinsame Abbrüllen trivialer Gassenhauer im Stile des widerlichen »for he's a jolly good fellow« anhebt, nach welcher Verbrüderungsfeier die Tische schnell abgeräumt werden und nun alle diese Jünglinge und Mädchen, die sich vorher nicht kannten, sich in widerlicher Promiskuität dem Genusse von Negertänzen hingeben, während die Gesetzteren in Nebenräumen Karten spielen: so wird heute die Geburt unseres Heilandes Jesus Christus in England gefeiert! Und dieses Beispiel wähle ich aus der Fülle absichtlich, weil sich in dieser geschmacklosen Art sich zu vergnügen das Gegenteil des »merry« kundtut. Das Wort »merry« nämlich – so belehrt uns der amerikanische Philologe Whitney – zeigt keine germanische Verwandtschaft; von den besiegten Kelten, bei denen es »Kinderspiel« bedeutete, nahmen es die Angelsachsen auf zu der Bezeichnung des Entzückens über landschaftliche Schönheit, namentlich über Wiesen und Wälder; noch Shakespeare z. B. nennt das Summen der Bienen »merry«; von da ab erweiterte sich das Wort auf die Bezeichnung der Freude an Musik, namentlich an Gesang; und erst eine dritte Entwickelungsstufe verwendete es für heiter-unschuldige Freude überhaupt. In diesem so ganz eigenartig bezeichnenden Worte spiegelte sich offenbar das frühere englische Volk wider. Und ich glaube nicht, daß irgend ein urteilsfähiger Engländer mir widersprechen wird, wenn ich sage: wir waren *merry*, wir sind es nicht mehr. Mit dem vollkommenen Niedergang des Landlebens und mit dem ebenso vollkommenen

Siege des einen einzigen Gottes des Handels und der Industrie, Mammon, ist auch die echte, harmlose, naive, herzerquickende Heiterkeit aus England entschwunden. Und das wieder ruft ein uraltes englisches Sprichwort ins Gedächtnis:»'T is good to be merry and wise«; der Heitere ist auch der Weise; der Unheitere ist gewiß unweise.

Mit Bestimmtheit glaube ich behaupten zu dürfen, die Katastrophe des völligen Niedergangs der englischen Heiterkeit, der englischen Weisheit, der englischen Redlichkeit (denn auch diese war in früheren Zeiten sprichwörtlich) ist dem Umstand zuzuschreiben, daß die Wendung zu Krieg, Handel und Piraterie ein Volk traf in jener eigenartigen zwiespältigen Zusammensetzung. Alle Kultur – Religion, Schule, Heer, Kunst, Gesetzgebung, Lebensgewohnheiten – setzt, wohlbetrachtet, Einheit voraus, sobald sie eine ganze Nation durchdringen soll, in der Weise durchdringen, daß jeder einfachste Mensch etwas davon abbekommt; was damit gesagt wird, wissen wir in Deutschland genau und brauche ich darum nicht zu schildern; in England weiß man nichts davon. Sobald der brave angelsächsische Bauer zum Piraten umgewandelt war, da stand die blonde Bestie da, wie sie der deutsche Philologe in seinem Wahnsinnstraum erblickte; und sobald der »verfeinerte« Adelige des 15. Jahrhunderts die »geistigen Interessen« verloren hatte und nach Gold lüstern geworden war, da stand der herzlose Sklavenhändler da, der sich von dem spanischen Gewaltmenschen einzig durch die Heuchelei unterschied. Nichts Roheres gibt es auf der Welt, als einen rohen Engländer; er besitzt gar keinen anderen Halt als eben seine Roheit. Meistens ist er kein schlechter Mensch; er hat Offenheit und Energie und Lebensmut; er ist aber ignorant wie ein Kaffer, macht keine Schule des Gehorsams und der Ehrfurcht durch, kennt kein anderes Ideal als »to fight his way through«, sich durchzukämpfen. Diese Roheit hat nach uud nach von unten bis oben – wie das stets der Fall ist – fast die ganze Nation durchtränkt. Noch vor 50 Jahren galt es für einen Verstoß gegen die Standeswürde, wenn ein dem Adel Angehöriger sich an Industrie, Handel und Finanz beteiligte; heute ist das Haupt des ältesten und größten Hauses von Schottland, Schwager des Königs, Bankier! Söhne von Grafen und Herzögen entschwinden aus der Gesellschaft; man fragt nach ihrem Verbleib:»Oh, he's making his heap!« er scharrt sich seinen »Haufen«

zusammen, das heißt, seine Million; wo und wie, das wird nicht gefragt und nicht gesagt; plötzlich taucht er als reicher Mann wieder auf, und da ist Alles gut. Inzwischen hatte sich aber in der oberen Kaste eine andere Art von Verrohung durchgesetzt, die in politischer Beziehung noch bedenklicher ist: bei äußerlich gleichbleibender guter Gesittung und zartem Anstand hat der moralische Kompaß »seinen Norden verloren«; die Versuchung nach ungeheurer Macht auf Grund von ungemessenen Schätzen ist zu stark gewesen; im Adel und den ihm verwandten Kreisen wußte man bald nicht mehr zwischen Recht und Unrecht zu unterscheiden. Der selbe Mann, der im Privatleben nie von dem skrupulösesten Anstand abgewichen wäre, beging im vermeintlichen Interesse seines Vaterlandes jedes Verbrechen. Die Propheten unter uns – ein Burke, ein Carlyle, ein Ruskin – haben schon seit 100 Jahren und mehr auf die erschreckende Abnahme der Wahrheitsliebe – einst in England so einzig heilig gehalten! – aufmerksam gemacht. Auch hierfür möchte ich zum Schluß – und da Ausführlichkeit ausgeschlossen ist – ein Beispiel greifbar hinstellen; der Leser wird einsehen lernen, auf welche Wege oder vielmehr Abwege England geraten ist.

Der Name Warren Hastings wird den Meisten bekannt sein. Schon als unreifer Bursche trat er in die Dienste der Ostindischen Handelsgesellschaft; er brachte es bis zum Generalgouverneur. Ohne Frage verdankt England seine Herrschaft in Indien in erster Reihe diesem Manne, der es mit machiavellistischer Klugheit verstand, die verschiedenen Landschaften und Stämme und Bekenntnisse und Königshäuser Indiens gegen einander auszuspielen, und außerdem sie Alle gegen den Wettbewerb der Franzosen aufzureizen. Neben eminenter Verstandeskraft und eisernem Willen, hat nun Warren Hastings vor Allem das eine ausgezeichnet, daß er in politischen Dingen keine Bedenken kannte. Mit Tyrannen wie Tipu Sahib, mit Verbrechern, die sich aus tiefsten Kasten zu Fürsten aufgeschwungen hatten und nun wie wilde Tiere über die geduldigen Inder herrschten, mit alten Hexenfürstinnen, die ihre eigenen Söhne im Verlies hielten, um länger im Blute ihres Volkes zu schwelgen, kurz, mit der schlimmsten Rotte asiatischer Unmenschen, denen das arme Indien verfallen war, hatte er es zu tun; gewiß waren da sanfte Mittel nicht am Platze, und hätte die Handelsgesellschaft oder die hinter dieser stehende englische Regierung mit kräftiger Waffengewalt eingegriffen, sie hätten ein edles Werk edel vollbracht. Davon war aber keine Rede. Die Regierung dachte nicht daran, mit Geld oder Soldaten helfend einzugreifen, und die Gesellschaft wollte nicht vermehrte Ausgaben, sondern im Gegenteil gesteigerte Einnahmen. Und da verband sich Hastings das eine Mal mit dem einen indischen Fürsten, das andere Mal mit dem anderen; fragte nicht nach Recht und Gerechtigkeit, beschützte vielmehr den größten Schurken unter den Thronräubern, solange er dadurch den Interessen seiner Handelsgesellschaft und damit auch – wie er vermeinte – denen Englands am besten diente. Vor Allem war Geld nötig; wie sollte er sonst eine Armee ausrüsten und erhalten? Indien mußte Indiens Unterjochung bezahlen. Und so suchte Hastings unter den rivalisierenden Fürsten Diejenigen aus, welche ihm die höchsten Geldleistungen versprachen; diese unterstützte er mit allen jenen Mitteln, die ein Europäer zur Hand hatte. Auf diese Weise hat er die Einnahmen der Ostindischen Gesellschaft fast verdoppelt. Wie aber war das möglich? Wie konnten die betreffenden Fürsten so große Zahlungen leisten und so zahlreiche Soldaten stellen? Durch so entsetzenerregende Grausamkeiten, daß die Welt von nichts Ähnlichem gehört hat, bis die lieblichen Belgier kürzlich das Kongobecken besetzten; Grausamkeiten, welche ewige Schande über den Begriff des Menschtums gebracht haben; denn kein Tier könnte sie sich ausdenken und kein Teufel dürfte sie an Unschuldigen ausüben. Da trat denn 1786 der große – schon durch diese eine Tat unsterbliche – Burke auf, und riß das Parlament durch seine Beredsamkeit hin, Anklage gegen den Mann zu erheben, der den guten Ruf Englands schände. Als die Sache vor das Oberhaus als oberste richterliche Instanz gebracht wurde, hat Burke sechs Tage hinter einander gesprochen, die Klage in jeder Einzelheit begründet und mit den Worten geschlossen: »Ich klage Warren Hastings an im Namen der ewigen Gesetze aller Gerechtigkeit, ich klage ihn an im Namen der Menschennatur, die er mit Schimpf bedeckt hat.« Zehn Jahre schleppte sich der Prozeß hin, das heißt, wurde er mit allen gerichtlichen Mitteln und Kniffen hingeschleppt. Man kann sich denken, wie sehr die damalige Entfernung Indiens alle Zeugenvernehmungen und Verhandlungen erschwerte und verlangsamte, und wie sehr dies Hastings und der Handelsgesellschaft zugute kam. Immer von neuem wurde wiederholt: Ja, er hat die Einnahmen von 3 000 000 Pfund Sterling auf 5 000 000 erhöht; was wollt ihr denn mehr? Auch heutigen Tages findet man in englischen Büchern fast überall diese Zahlen angeführt; damit gilt Hastings als gerechtfertigt. Außerdem hatte er den berüchtigten Opiumhandel erfunden: sollte ein solches Genie bestraft werden? Pitt, der als Premierminister die Akten kannte, sagte:»Es gibt nur eine Rettung: er muß die Staatsnotwendigkeit vorschützen.« Kurz und gut, Hastings wurde freigesprochen. Burke, in der letzten seiner großen Gerichtsreden, seiner heroischen Versuche, der guten Sache zum Siege zu verhelfen – mehrmals war er dabei vor Erschöpfung in Ohnmacht gefallen – sprach die ewig denkwürdigen Worte:»Meine Lords, wenn Sie diesen Schändlichkeiten gegenüber die Augen verschließen, dann machen Sie aus uns Engländern eine Nation von Hehlern, eine Nation von Heuchlern, eine Nation von Lügnern, eine Nation von Falschspielern; der Charakter Englands, der Charakter, der – mehr als unsere Waffen und mehr als unser Handel – aus uns eine große Nation gemacht hat, der Charakter Englands wird vernichtet sein, auf ewig verloren. Gewiß, auch wir kennen die Macht des Geldes, und wir fühlen sie; gegen sie aber legen wir Berufung ein bei Euren Lordships, damit Sie Gerechtigkeit üben, damit Sie unsere Sitten und unsere Tugenden retten, damit Sie unseren Nationalcharakter und unsere Freiheit beschützen!«

Der Tag, an dem Warren Hastings freigesprochen wurde – der 23. April 1795 – ist einer jener Tage, von denen ich zu Beginn dieses Aufsatzes sprach, wo Geschichte und Charakter sich schneiden und wir urplötzlich einen Blick in das Innerste tun. Das neue England – das natürlich schon lange im Werden aus dem alten begriffen gewesen war – jetzt stand es fertig da. Hastings hatte sich nicht persönlich bereichert, er hatte nicht als Privatmann andere Privatindividuen betrogen, er hatte vielleicht in seinem Leben keine Fliege getötet; doch im Interesse seines Vaterlandes – das heißt seiner Macht, seines Reichtums – ist er vor keiner Lüge, vor keinem Meineid zurückgeschreckt, hat verraten, wer ihm vertraute, hat Unschuldige nicht beschützt und Verbrecher auf den Thron erhoben; er hat es geduldet, daß andere Menschen Grausamkeiten fürchterlichster Art ausübten, indem er einfach den Rücken drehte, nichts davon wissen wollte, englische Beamte, die darüber entsetzt berichteten, kassierte. Wie man sieht, mit dem neuen England steht auch der moderne englische Staatsmann fertig da. Genau ein solcher Mann ist Sir

Edward Grey: seit Jahren führt er bei den Konferenzen zur Erhaltung des Friedens stets den Vorsitz – damit nur ja der beabsichtigte Krieg nicht ausbleibe; seit Jahren sucht er »Annäherung« zu Deutschland – damit die redlichen deutschen Staatsmänner und Diplomaten nur ja die Absicht des festbeschlossenen Vernichtungskrieges nicht merken; der Deutsche Kaiser hat im letzten Augenblick die Gefahr des Krieges fast noch abgewendet – Grey, der salbungsvolle Friedensapostel, weiß die Karten so zu mischen, daß er nicht zu vermeiden ist; sonst perhorreszierte England den Königsmord – jetzt, wo das Unerhörte geschieht, daß aktive Staatsbeamte und Offiziere ihn vorbereiten und daß ein Thronerbe den nachbarlichen Thronerben erschießen läßt, jetzt kein einziges Wort des Entsetzens, sondern Grey entdeckt Englands Mission, die »kleinen Staaten zu beschützen«; die englische Regierung läßt im »neutralen« Belgien Antwerpen zur stärksten Festung der Welt umwandeln, die englische Munition sendet sie schon 1913 nach Maubeuge, die Militärkonvention mit Frankreich und Belgien für den Einfall in Deutschland von Norden her hat Grey in der Tasche, alle Einzelheiten der Landung, der Beförderung usw. stehen schwarz auf weiß – und dennoch weiß er die Dinge so einzurichten, daß Deutschland es ist, das, aus höchster Not – wir wissen jetzt, daß es sonst verloren gewesen wäre – die »Neutralität bricht«; zum ersten Male in der Weltgeschichte ist die gesamte englische Flotte Anfang Juli mobilisiert – aber nur zu einer harmlosen Revue vor dem König; schnell wird noch, grade zu der festgesetzten Zeit der Ermordung Franz Ferdinands, ein freundschaftlicher Schlachtschiffbesuch in Kiel eingerichtet – denn die anderen Versuche, diesen Hafen auszuspionieren, waren mißlungen .... Das ist das heutige politische England, wie Burke es vorausverkündet hatte: Hehler, Heuchler, Lügner, Falschspieler. Bitter tröstet sich Ruskin: »Sorgen wir uns nicht um dieses England; in hundert Jahren zählt es zu den toten Nationen«. Auch ich glaube nicht an die ungeheure Kraft Englands, von der wir soviel hören; wahre Kraft kann nur im Moralischen wurzeln; der einzelne Engländer ist tapfer und tüchtig, der Staat »England« ist morsch bis auf die Knochen; man fasse nur fest zu.

Deutschland ist nun so gänzlich anders geartet, daß es England – das heutige politische England – seit Jahren garnicht verstand und sich immer von neuem von ihm irreführen ließ; fast fürchte ich, es geschieht in Zukunft nicht minder; das könnte verhängnisvoll werden. Darum mußte ich, Engländer, den Mut haben, die Wahrheit zu bezeugen. Uns alle kann einzig ein starkes, siegreiches, weises Deutschland erretten.

Bayreuth, 9.Oktober 1914.

Deutschland

Ich kann wohl sagen, daß ich von Allem dem, was seit fünfzig Jah-
ren gegen mich gewirkt wild, großen Nutzen gezogen. (Goethe)

Sehr häufig hört man in diesen Wochen die Frage: warum hassen
alle Völker Deutschland und die Deutschen? Kommt diese Frage
aus dem treuherzigen Munde eines echten Deutschen, sie kann in
diesen schweren Zeiten erschütternd wirken. Wenn es auf der ganzen Welt ein friedfertiges, gesittetes, frommes Volk gibt, so ist es
das deutsche; die gute Erziehung, die jedem Einzelnen ohne Aus-
nahme zuteil wird, der Geist der Disziplin, der das ganze öffentliche Leben beherrscht, auch die vorwiegend sinnige Gemütsanlage,
Alles trägt dazu bei, die roheren Elemente zu bändigen und den
maßvollen die Vorherrschaft zu sichern. Und diese Eigenschaften
sind nicht etwa neu entstanden; sie sind nur noch ausgesprochener
heute als früher, weil Deutschland ohne Unterlaß an sich gearbeitet
hat. Gegen Ende seiner Laufbahn bezeugt Napoleon, in seinen
sämtlichen Feldzügen habe er in Deutschland nie einen einzigen
Soldaten durch Mord verloren; von anderen Ländern konnte er das
Gleiche nicht sagen. Und man denke, welchen rachsüchtigen Haß
die Deutschen gegen die Franzosen hegen mußten, die ihnen die
schönsten Gegenden zu wiederholten Malen in Wüsteneien ver-
wandelt hatten, nicht Soldat gegen Soldat, sondern eine rasende
Horde von entmenschten Wilden, losgelassen auf eine harmlose
Bevölkerung. Und dennoch keine Rache, keine Blutgier, nicht ein
einziger Fall, nirgendswo ein vereinzelter Deutscher, der, unbeachtet, fern von aller zügelnden Disziplin, einen schlafenden oder einen
verirrten Franzmann meuchelmörderisch überfallen hätte; unter
Millionen Einwohnern nicht einer! Und das bezeugt Deutschlands
kaltherziger Feind! Dagegen erinnere man sich der Franktireurs von
1870/71, der tückischen Mordgesellen, die Hunderten, vielleicht
Tausenden von braven deutschen Soldaten das Leben raubten; man
erinnere sich der verwundeten Zuaven und Turkos, die den Sani-
tätsmannschaften die Finger abbissen; man gedenke der englischen
Feldzüge gegen die Matabeles und andere friedfertige Zulukaffern
in den neunziger Jahren, zu deren schnellerer Erledigung die entsetzlichen Dumdumgeschosse Verwendung fanden; man gedenke

der haarsträubenden Greueltaten, Jahre lang von den Belgiern am Kongo ausgeübt, an einer völlig harmlosen, unbewaffneten Bevölkerung, lediglich des Geldes wegen, um die Leute nämlich durch Todesschrecken zu harter Arbeit zu zwingen; man lese die amtlich beglaubigten, von Priestern handschriftlich attestierten Nachrichten über das Benehmen der Zivilbevölkerung Belgiens beiderlei Geschlechts in dem jetzigen Kriege, die, schlimmer als wilde Bestien, armen deutschen Verwundeten die Augen ausstachen, sie auch sonst verstümmelten, und sie dann durch Einschütten von Sägespänen in Mund und Nase langsam erstickten; von den russischen Untaten zu reden, ist überflüssig, da diese Nation auf Zivilisation keinen Anspruch erhebt. Und nichtsdestoweniger, diese Völker genießen die Sympathien der Welt und werden als Kulturträger gefeiert, wogegen der Deutsche »Barbar« heißt, Brandstifter, Mörder, Vergewaltiger, so daß ganze Bevölkerungen entsetzt fliehen beim Herannahen des deutschen Soldaten, des einzigen zuverlässig disziplinierten, der niemals einem schuldlosen Menschen ein Haar gekrümmt hat. Ich möchte wohl wissen, welche andere Armee fachmännische Kunsthistoriker mitführt, um sofort bei der Besetzung eines Ortes für die sichere Verwahrung der Kunstschätze Fürsorge zu treffen? Bei dem ersten Betreten von Reims durch die Deutschen in diesem Jahre wurden die Soldaten – wie ich aus einer Privatnachricht erfuhr – von Fachmännern im Dom herumgeführt und drängten sich, so viele nur freikommen konnten, andächtig hinzu! Und dennoch glaubt alle Welt den Verleumdungen, als zerstöre die deutsche Armeeleitung absichtlich Kunstwerke! Es wiederholt sich in dem jetzigen Weltkrieg buchstäblich, was wir vor vierundvierzig Jahren schon einmal erlebten: jeder Franzose, jeder Belgier, jeder Engländer und Russe, der mit den deutschen Soldaten wirklich in Berührung kommt, ist erstaunt, was sie nicht allein für eisern disziplinierte, sondern für wackere, grundanständige, gutherzige Menschen sind; der Glaube aber an die Scheußlichkeit der Deutschen ist derartig tief eingewurzelt, daß die persönlichen Erfahrungen immer als Ausnahmen aufgefaßt werden und gegen die Gesamtüberzeugung nicht aufkommen. Das war schon 1870 der Fall. Ich kann auf Grund einer reichen Erfahrung reden; denn damals besaß ich in Frankreich – wo ich meine ersten Lebensjahre zu Hause gewesen war – noch zahlreiche, teils vertraute Beziehungen, und schon Ende 1871 hielt ich mich wieder in Frankreich auf. Es war überall die selbe Geschichte: nicht einen einzigen Franzosen habe ich angetroffen, der auch nur geflunkert hätte, er habe selbst eine Grausamkeit oder auch nur eine überflüssige Härte an seiner Person erlebt oder an andern mit Augen gesehen, nicht einen; aber die Einwohner meines lieben Versailles versicherten:»Hier war halt der König und das Große Hauptquartier; da haben sich die Leute geniert; aber wenn Du nur wüßtest, wie diese Barbaren in der Normandie gehaust haben!« Nun besaß ich gerade zu Bauernfamilien in der Normandie alte Beziehungen; ich erkundigte mich:»Nein,« hieß es,»wir hatten Glück; bei uns operierte die Armee unter Manteuffel; Prachtjungens, tadellose Disziplin, die hätten nicht ein Ei zu stibitzen gewagt – aber im Elsaß, da muß es grauenhaft zugegangen sein!« Die östlichen Gegenden kannte ich nicht; doch lernte ich in jenem Winter einen französisch-elsässischen Pastor kennen, einen rabbiaten Deutschfresser, aber kein Lügner, und als ich an ihn die alte Frage richtete, zog er ein Skizzenbuch aus seinem Schubladen und zeigte mir einen reckenhaften deutschen Infanteristen, der Kartoffel schälte in der Küche seines Pfarrhauses, einen Ulanen, der auf der Steinbank vor der Türe saß und einem Säugling mit zärtlich-ungeschickter Fürsorge die Flasche gab, und andere ähnliche Idyllen. «*Quelle bonne pâte d'hommes!*» rief er fast mit Rührung aus, was für gutmütige Menschen; aber gleich folgte das obligate:»Wir hatten eben Glück, es waren Pommern, die am längsten in unserm Städtchen blieben; aber wenn Sie wüßten, wie die Süddeutschen im Orléanais gewirtschaftet haben...« Selbst solche offenbare Blödsinnigkeiten, wie daß die deutschen Soldaten alle Wanduhren mitnehmen, sind nicht auszurotten; Jahre lang habe ich nach einem Franzosen gefahndet, dem eine Uhr abhanden gekommen wäre, doch nie einen auftreiben können; und dennoch steht der Ruf so fest, daß in dem jetzigen Krieg – wie die Zeitungen erzählen – an einigen Orten die Einwohner ihre Wanduhren vor die Haustüren herausstellten, gleichsam als Sühnopfer. Ich kann nur sagen: man sieht, wie wahr es ist, daß die menschliche Phantasie die menschliche Vernunft am Gängelbande führt. Freilich wird Jeder von uns, der gereist ist, deutschen Männern und Frauen begegnet sein, die sich nicht durch Anmut und Bescheidenheit auszeichneten und eine recht unvorteilhafte Vorstellung dessen, was Deutsch ist, erweckten; wer von uns aber Franzosen und Italiener auf der Reise erlebt hat, wird von ganz anderen Dingen zu erzählen wissen; über Engländer habe ich mich manchmal ebenso geärgert wie Treitschke. Das sind doch nicht Dinge, geeignet, Nationalhaß zu säen. Nein, der Haß hat allgemeinere, ausgebreitetere Wurzeln, und da er einmal vorhanden ist, bewirkt er, daß jede Lüge über Deutschland und die Deutschen Glauben findet, sie kann noch so faustdick, ja, nachweisbar unmöglich sein. Es ist vielen Leuten eine Wollust, schlecht von den Deutschen zu denken und ihnen durch Falschgerede Achtung zu rauben. Wir haben es soeben wieder erfahren, daß Männer, die, wie der französische Musiker Jaques-Dalcroze, nach langem Herumirren, in Deutschland allein für ihre neuen künstlerischen Ideale Verständnis, Förderung, Opferfreude, Heimstätte fanden, sich nicht schämen, Deutschland zu zeihen, es zerstöre grundlos Städte und vernichte absichtlich deren Kunstschätze: nicht bloß eine empörende, sondern eine so horndumme Verleumdung, daß man nicht versteht, wie ein intelligenter Mann, der nur einen Tag in Deutschland war, sich so lächerlich machen kann. Wie die Liebe sehend, so macht der Haß blind. Und aus diesem Falle erfahren wir, daß auch Wohltaten und aufopfernde Förderung nicht hinreichen, um Deutschland Liebe zu erwerben; vielmehr züchtet deutsche Freigebigkeit nur Undank und Verrat.

Die Tatsache des Hasses leugnen wir also nicht: dieser Haß reicht von der mehr oder weniger verdeckten Abneigung feinerer Geister bis zu der blutigen Wut der rohen und bis hinab zu der Tücke der feigen Unterzeichner des Genfer »Protestes«.

Ich, für meine Person, getreu den Kampfgrundsätzen des unsterblichen Moltke, pflege auf die anfangs genannte Frage – warum wird Deutschland so gehaßt? – sofort mit der Gegenfrage zum Angriff zu schreiten: Warum wird Deutschland so geliebt? Nicht, daß ich damit die Sache für erledigt hielte; mit der Gegenfrage wird aber die Besinnung wachgerufen und die Betrachtung in eine höhere Sphäre erhoben, was immer, namentlich aber bei allen das Deutschtum betreffenden Fragen von Vorteil ist. Der eine Carlyle – und wäre er auch aus neuerer Zeit der Einzige – würde genügen, uns lange zu denken zu geben; denn Carlyle kannte, dank seinen lebenslangen Studien, den deutschen Geist genau; und es ist immer von Vorteil, Dasjenige zu kennen, worüber man urteilen soll. Sehr wahrscheinlich kennt z. B. ein Herr Jaques-Dalcroze von Deutschland nicht viel mehr als die freigebig geöffneten Geldbeutel und vermeint allen Ernstes, mit seiner musikalischen Gymnastik dem Vaterlande Dürer's, Bach's, Kant's und Goethe's die ersten Elemente der Kultur beizubringen; Carlyle dagegen genoß den ungeheuren Vorteil, nicht bloß das litterarisch-geistige Leben Deutschlands von den ältesten Zeiten bis zu Goethe zu beherrschen, sondern auch das Werden der Nation, wie sie heute vor uns steht, genau erforscht zu haben, so daß ihm – dem ohnehin prophetisch Veanlagten – Vergangenheit, Gegenwart und Zukunft vollkommen deutlich vor Augen standen. Niemals hat man schöner über Luther geschrieben als dies von Carlyle geschah: er kannte ihn eben genau und es ist bedauerlich, daß seine Kräfte zu der beabsichtigten Lebensschilderung nicht mehr reichten. Es ist nicht der Theolog, der ihn fesselt, sondern der Mann Gottes und der deutsche Mann. Von Luther's Zimmer auf der Wartburg schreibt er:»Man empfindet, daß von allen Orten, auf welche die Sonne heute herniederscheint, dieser für uns Lebende der heiligste ist. Mir wenigstens, in meinen armen Gedanken, wollte es dünken, die unmittelbare Gegenwart Gottes weihe diese Räume, als ob unvergängliche Erinnerungen und heilige Einflüsse und warnende Belehrungen umherschwebten und den Herzen der Menschen schmerzreiche, machtvolle und tapfere Worte zuraunten.« Und dann erzählt Carlyle, wie sein Begleiter – ich glaube Emerson – als er sich unbeachtet wähnte, sich schnell bückte und dem alten eichenen Tisch einen inbrünstigen Kuß aufdrückte. Diese beiden Ausländer hatten Deutschland erkannt, darum liebten sie es, »das edle, geduldvolle, tiefsinnige, fromme und tüchtige Deutschland«, wie es Carlyle 1870 nennt. Denn Luther ist nicht ein großer Mann, der zufällig in Deutschland geboren wurde, vielmehr gleichen er und Deutschland dem Vorder- und Rückbilde einer geprägten Münze, die auf der einen Seite das wie im Traum erblickte Symbol unaussprechlicher Kräfte und Wünsche, Kämpfe, Verzagtheiten und Wonnen eines millionenfach dunklen Hinstrebens aufweist, und auf der andern die vergänglichen Züge des einen Mannes, in dessen Leben das, was Alle wollten, unvergängliche Gestalt gewonnen hat; Luther und Deutschland sind ebenso unzertrennlich mit einander verwachsen wie – am anderen Ende der möglichen Skala menschlicher Gaben – dies zwischen Goethe und Deutschland der Fall ist. Um große Männer dieser Art zu gebären, muß ein Volk große Eigenschaften besitzen. Tieck hat die wahren Worte geschrieben:»Sowie Goethe nur die Augen auftat und sie Andern öffnete, war Deutschland unmittelbar auch da.« Es hatte also nur geschlummert. Deutschland – vielleicht ist dies ein Symptom seiner gebärenden Kraft – verfällt immer wieder in Unbewußtsein über sich selbst und muß durch Botschaft vom Himmel geweckt werden: nie erscholl der Trompetenstoß, der zur Erfüllung ewiger Pflichten aufruft, mächtiger als durch Luther, der, unmittelbar aus der Scholle geboren, sofort im ganzen deutschen Volke Widerhall laut rief; vom Fürsten bis zum Bauern, Jeder erkannte die Stimme des eigenen Gewissens, wie er sie im Halbtraume schon oft vernommen hatte. Warum hat die Reform in Böhmen, in Polen, in Frankreich, in England nicht Fuß gefaßt? Weil sie überall Sekte war; wogegen sich in Luther die Sehnsucht eines ganzen Volkes nach Wahrheit aussprach und darum eben so stark wirkte auf Diejenigen, die zu Rom hielten, wie auf Diejenigen, die sich freimachten. Es handelt sich bei ihm nicht um Religion im Sinne der bloßen Kirche, vielmehr um eine Religion, die das ganze Leben umfaßt und das Vaterland als heiligste Gottesgabe erkennen lehrt. Darum kann man und muß man sagen: das Deutschland, das heute so mächtig dasteht, ist das Deutschland Luther's; es spricht seine Sprache und denkt seine Gedanken und wirkt die Taten, wie er sie gewollt; die dogmatischen Fragen stehen außerhalb des Deutschgedankens. Wer Luther gut kennt, kennt darum auch Deutschland gut; das war bei Carlyle der Fall. Nun aber trat eine merkwürdige Fügung hinzu: dieser Carlyle, schon mit 21 Jahren so vertraut mit den Tiefen des deutschen Wesens, daß er ein Leben Schiller's verfassen konnte, empfand, zum Manne gereift, es als eine gottgewollte Aufgabe (er selbst sagt das), 20 Jahre der Beschäftigung mit dem großen Friedrich zu widmen; hierdurch wurde er vollends hellsehend, denn nun hatte er das treibende Element bei der politischen Wiedergeburt Deutschlands gründlich ausführlich kennen gelernt und konnte ihre Spannkraft ermessen. Carlyle war nicht im beschränkten Sinne des Wortes Heldenverehrer; er verehrte nicht den meteorischen Helden, der nirgends herkommt und nirgends hingeht, folglich allen bleibenden Untergrunds entbehrt; und als er einmal, einem Schema zulieb, Napoleon preisen wollte, bricht er nach drei Seiten ab mit den Worten: *Poor man*, armer Mann! Nein, der wahre Held entspringt einer Gesamtheit, gleichsam als verdichteter Ausdruck Aller an Einzelne und in Einzelnen zerstreuten Kräfte, um somit diese Gesamtheit zu Leistungen hinzureißen, die ihr durchaus gemäß sind, zu deren

Vollbringung sie jedoch ohne den einen Unvergleichlichen nie gelangt wäre. Das deutlichste Beispiel aus unserer Zeit bietet uns Richard Wagner, dessen Kunst nie gegen ein Meer von Haß und Verleumdung hätte siegen können, wenn sie nicht den besonderen Ansprüchen und Hoffnungen der deutschen Seele entsprochen hätte, verwirklichend, was Tausende dunkel erträumt und Einzelne tastend gesucht hatten, was aber nur der eine Gottgesandte zu finden fähig war. Worin besteht denn die wahre Weihe menschlicher Größe? Der Mann zu sein, den alle brauchten; denn dieser allein braucht wiederum alle Männer, und erteilt so dem Ganzen Bewegung. Kein Wort in Carlyle's großem Werk verdient mehr Aufmerksamkeit als sein Lob Preußens im ersten Kapitel des 21. Buches:»Du tapferes Preußen! die wahre Seele deines Verdienstes ist, daß du einen solchen König verdient hast, dich anzuführen. Ein zufälliges Verdienst, meinst du, Leser? Nein, Leser, glaube mir, so verhält es sich nicht. Vielmehr, könnten wir in den Büchern des Alles aufschreibenden Engels einige Jahrhunderte forschend zurückschlagen, ich bin überzeugt, nicht ein Tütelchen Zufall bliebe übrig. Es gibt Völker, wo ein Friedrich möglich ist oder sein kann, und es gibt Völker, wo er nicht möglich ist, noch je sein kann. Wirkliche Ehrfurcht vor Menschenwert und ebensolche Abscheu vor Menschenunwert, das,mein Freund,ist das Endergebnis, zugleich die Zusammenfassung aller Tugenden dieser Welt, es handle sich um einen einzelnen Mann oder um eine Nation von Männern. Nationen, welche diese Eigenschaft verloren oder nie besessen haben, wie können sie hoffen, jemals einen Friedrich besitzen zu können?«

Diese Bemerkung ist äußerst wichtig; denn neben den unflätigen Schmähern Deutschlands gibt es auch eine Fülle falscher Freunde, nach Art des Lord Haldane, welche beteuern, sie liebten Deutschland, das »ideale« Deutschland, das dichtende und denkende und komponierende Deutschland, das reiner Wissenschaft hingegebene Deutschland, einzig den Militarismus und dessen Vollwerk Preußen verabscheuten sie und möchten sie vertilgt sehen; wogegen wir hier den Mann hören, der die geistige und die politische Geschichte Deutschlands wirklich kennt und als organische Einheit erkennt, und dieser spricht unzweideutig: jene Behauptung ist Torheit oder unwahrhaftige Heuchelei; denn ohne Preußen gäbe es heute überhaupt kein Deutschland mehr, und ohne jene große Schule für die

Verehrung von wahrem Menschenwert, hämisch »Militarismus« genannt, gäbe es kein Preußen. Ein großes Volk bedarf der politischen Größe, und ein edles, geduldvolles, tiefsinniges, frommes und tüchtiges Volt verdient politische Größe, verdient sein eigener Herr zu sein, verdient, überallhin den ihm von Rechts wegen zukommenden Einfluß im Interesse der Menschheit auszuüben. Der Ausländer, der ein Deutschland ohne Preußen zu lieben vorgibt, ist – man verzeihe mir die Derbheit, aber es gibt Zeiten, wo man die Dinge beim Namen nennen muß – er ist entweder ein Schafskopf oder ein Schelm. Der einzige Carlyle wiegt tausend konfuse Haldanes auf, geschweige denn alle Leitartikler Europas. Was doch der Neid und der Haß die Menschen dumm macht! Drei große Nationen rüsten seit Jahren und bilden eine verbrecherische Verschwörung, Deutschland – das friedfertige, arbeitsame, Niemanden bedrohende – zu überfallen und zu vernichten; es sind jetzt, dank einer gütigen Vorsehung, so viele geheime Dokumente ans Licht gekommen, daß kein ruhig urteilender Mensch mehr in Zweifel ziehen kann, die sogenannte »Einkreisungspolitik« bedeutete einfach ein teuflisches Attentat, einen in allen Einzelheiten ausgearbeiteten Raub- und Mordzug gegen den unbequemen Konkurrenten; und weil sich nun Deutschland – das weise, tüchtige, tapfere – wehrt, eisern wehrt, mit ungeahnten Riesenkräften wehrt, darum wird es als Hort eines angeblichen Militarismus beschimpft und dem Hasse anempfohlen! Das ist, als wenn nächtliche Einbrecher sich beklagten, weil die Polizei ihren so schön ausgetiftelten Plan vereitelt habe, und darüber in moralische Entrüstung gerieten; man hat manchmal den Eindruck mit dummen Buben zu tun zu haben, die noch nicht genügend geübt sind, um drei Gedanken zusammenzureimen. Wie kann man ein Heer, wo jeder zweite Offizier ein Professor oder ein Kaufmann oder ein Rechtsanwalt ist, »militaristisch« nennen? In Rußland, ja, da gebietet seit Jahren der Militarismus und treibt zu einem Verbrechen nach dem andern, damit nur nicht daheim der chaotische Tag des Gerichts anbreche, der die ehrlos Regierenden alle wegfegt; in Frankreich herrscht über das allzugeduldige, allzuschwache Volk eine Regierung von Abenteuern, die ihrer unsauberen Geldgeschäfte wegen das Revanchegeschrei künstlich anfacht, und ihre Manipulationen im allgemeinen Wirrwarr der näheren Untersuchung zu entziehen hofft – wohl ein allererbärmlichster Militarismus; auch eine Regierung wie die englische, die langer Hand einen Raubanfall auf einen nahverwandten, friedfertigen Nachbarstaat organisiert, kann sich »militaristisch« schimpfen lassen, denn sie will durch Schlachtschiffe und Waffengewalt dem andern die Früchte seines Fleißes entreißen und sie sich selber aneignen. Wo aber alle Männer zur Verteidigung ihres Daseins, ihres Vaterlandes, ihres Erwerbes, ihrer Eigenart ins Feld ziehen, angeführt von ihren sämtlichen Fürsten, da steht nicht »Militär« im Felde, sondern ein Volk in Waffen; in den deutschen Schützengräben liegen sie alle beieinander – Fürst, Bankier, Techniker, Lehrer, Handwerker, Gewerbetreibender, Taglöhner, Bauer – das gesamte deutsche Männervolk; der berufsmäßige Soldat verschwindet in der Menge. Daß aber der berufsmäßige Soldat da ist, daß er alle die langen Friedensjahre hindurch da war, das lohn ihm Gott in alle Ewigkeit! Ohne ihn mußte Deutschland jetzt rettungslos der verbrecherischen Koalition erliegen. Und er ist das Werk Friedrich's und seiner Nachkommen, das Werk Stein's, Scharnhorst's, Gneisenau's und vieler anderer, kurz, das Werk Preußens. Der Süddeutsche ist ebenso ausdauernd und schlägt sich ebenso gut wie der Norddeutsche, das haben 1870 uno 1914 bewiesen; aber das Organisationsgenie, die straffe Strenge, die nie nachlassende Vereitschaft, die wunderbare Fähigkeit, ewig auf dem Sprung stehen zu können, das ist Preußens Verdienst. Carlyle hat ein schönes Wort dafür; von Friedrich sagt er: »*Like the stars, always steady at his work*«, wie die Sterne, ewig unerschütterlich bei seiner Arbeit. Das wäre das Motto, das ich zu Ehren dieser prächtigen Männer in goldenen Lettern über das Eingangstor zum Generalstabsgebäude in Berlin eingegraben sehen möchte: *Sternentreue!* Entweder also, ihr falschen Scheinfreunde, schweigt euer Geschwätz über Militarismus, oder aber zieht den Hut und verneigt euch »in Ehrfurcht vor Menschenwert«. Ist die Armee heute das Rückgrat der deutschen Nation, so hat sie es verdient, Rückgrat zu sein: die deutsche Armee (zu der ich natürlich die Marine rechne) ist heute die bedeutendste sittliche Erziehungsanstalt der Welt. Disziplin kann ein Dschengis Khan erzwingen, damit erzieht er sich aber nur wilde Bestien; die deutsche Armee dagegen – dank den Hohenzollern und dem preußischen Geiste – erzieht zu Gehorsam und zugleich zu Selbstachtung, zu Dulden und zu Handeln, zu Genauigkeit und zu Erfindung. Das Alles belegt dieser Krieg schon tausendfach. Wir können aber weiter greifen; denn dieser deutsche Armeegeist hat schon das ganze Volksleben durchdrungen und gibt den Schlüssel zu deutschen Erfolgen auf sehr verschiedenen Gebieten: indem er einerseits die genaue und treue Mitarbeit Vieler zu einem bestimmten Zwecke lehrt, ein Jeder dem Ganzen unterordnet, als gehorsamer, bescheidener, beflissener Mitwirkender, der Belohnung und Freude in den Leistungen der Gesamtheit findet, und anderseits die Ausbildung der beispiellosen Genauigkeit fördert, die jetzt in den 42 cm-Mörsern die staunende Anerkennung der ganzen Welt erwirbt, die aber in genau demselben Maße unerkannt an tausend Orten tätig ist, in chemischen Laboratorien, in mechanischen Werkstätten, in Fabriken jeder Art, in wissenschaftlichen Arbeiten, mit der Zeit gewiß allerorten.

Nimmt man nun den allgemeinen Bildungsgrad dazu, der so gewaltig durch das Ineinandergreifen der Armee und der Schule in Deutschland gefördert worden ist, so erkennt man klar, inwiefern man mit Recht dem Geist der Armee einen Anteil zugestehen muß an den übermäßigen Leistungen Deutschlands auf vielen Gebieten, die einer ungeheuren Weiterentwickelung noch fähig sind. Das Charakteristisch? und Unterscheidende ist gerade, daß dieser deutsche Armeegeist, anstatt wie die englische Flotte Räuberinstinkte großzuziehen, Friedenswerke gefördert hat. Die Kooperation und die Präzision, oder sagen wir auf gut Deutsch, das Vereintwirken und das Genauwirken: das sind die neuesten Entdeckungen des Menschengeistes, die dessen Leistungskraft verhundertfachen. Während die Wissenschaft der Natur sie auf dem Gebiete der Theorie aufdeckte, genau zur gleichen Zeit erfand sie in höchster Not auf praktischem Gebiete die Hohenzollernmonarchie. Armeen hat es in der Welt viele gegeben; daß aber die Armee eine eigene Seele, einen *spiritus rector* bekommen und daß dieser »Vollendung« heißen müsse: das war eine neue Entdeckung. *»The love of perfection in work done«*, die Leidenschaft, keine Aufgabe anders als in lückenloser Vollendung gelöst sehen zu wollen, das nennt Carlyle den leitenden Charakterzug Friedrich Wilhelm's und seines großen Sohnes; sonst so verschieden, hierin glichen sich die beiden. In diesen zwei Dingen – Vereintwirken, Genauwirken –, in der allmählichen Lösung der vielen Probleme, welche die Verwirklichung solcher Ideale dem Menschenverstände stellen, liegt der Geist der preußischen Armee, der heute der Geist der ganzen einigen deutschen Armee geworden ist. Dieser Geist ist aber auch der Geist des ganzen deutschen tatenlustigen Volkes. Hierin und hierdurch schreitet Deutschland an der Spitze aller Völker der Welt.

So viel nur heute über den albernen Vorwurf des »Militarismus«. Man sieht, wie gut es tut, den Dingen auf den Grund zu gehen! Lord Haldane, der gelehrte Staatsminister, *Dr. phil.* Göttingen, *Dr.* beider Rechte Edinburgh usw., hätte sich durch ein bischen Nachdenken ersparen können, Ungereimtes zu reden. Ebenso die vielen Anderen, die den selben Vorwurf erheben. Doch genug über diese Schmäher auf Deutschlands Ehre; hinein mit ihnen Allen in ein Massengrab ewigen Vergessens, und kehren wir zu unserer Frage zurück: »Warum wird Deutschland so geliebt?«

Die Liebe zu Deutschland, für die Carlyle so beredte Worte fand, ist nicht etwa eine neue Erscheinung; man kann sie Jahrhunderte zurückverfolgen. Wie schwärmerisch Deutsche ihr Vaterland stets geliebt haben, das brauche ich vor Deutschen nicht näher auszuführen; immerhin ist es aber wert, in diesem Zusammenhang erwähnt zu werden; denn wie sollte von so vielen bedeutenden und mächtigen Geistern ein Land zärtlich geliebt worden sein, wenn es barbarisch und hassenswert gewesen wäre? Nur die eine Strophe des vielgereisten Walthers von der Vogelweide will ich zur Auffrischung des Gedächtnisses hersetzen:

Ich hân lande vil gesehen
unde nam der besten gerne war:
übel müeze mir geschehen,
künde ich je mîn herze bringen dar,
daz im wol gevallen
wolte fremeder site.
nû waz hulfe mich, ob ich unrehte strite?
tiuschiu (Deutsche) zuht gât vor in allen.

Hier ist zweierlei besonders beachtenswert: der Mangel an jeder Animosität gegen das Ausländische, das der Sänger »gern wahrgenommen hat«, und die Betonung, daß, was den Deutschen auszeichne, die gute Erziehung, die Sittsamkeit, der Anstand sei. Diese Zeilen sind um das Jahr 1200 herum geschrieben; schon damals war das Volk – das die Herren Maeterlinck, Bourget, Rolland, Shaw usw. als »Barbaren« in Verruf bringen möchten – allen Anderen an

»Zucht« überlegen: genau die Eigenschaft, die auch heute das deutsche Volk als Ganzes – und von wenigen, hoffentlich bald auszutilgenden Ausnahmen abgesehen – vor der chaotischen Zuchtlosigkeit ihrer Tango tanzenden Nachbarn auszeichnet. Nicht allein Deutsche urteilten aber über Deutschland so vorteilhaft; ich kann aus dem Ausland einen so gewichtigen Zeugen anführen, daß vor ihm alle Verleumdungen in nichts zerfallen. Kein Geringerer als Michel de Montaigne soll hier für die Wahrheit zeugen! Unter den heutigen Hassern Deutschlands wird nicht einer zu leugnen wagen, daß Montaigne einer der geistvollsten und unabhängigsten Männer war, die je in Europa gelebt; für unsere Frage kommt außerdem in Betracht, daß er dem Adel angehörte, viel am französischen Hofe gewesen war, ein weitgereister Mann, der Welt und Menschen kannte, wie nicht bald Einer, und Alles scharf bis auf den Grund durchschaute. Im Jahre 1581 bereiste er nun zum Vergnügen Deutschland und befand sich so wohl da, daß, wie er sagt,»er es mit wahrem Schmerz verließ, trotzdem die Reise nach Italien ging«. Sein Gesamturteil faßt er in folgende Worte zusammen:»*Tout y est plein de commodité et de courtoisie, et surtout de justice et de sûreté*«. Vier Dinge zeichnen also, nach dem Urteil des Franzosen, das Deutschland des 16. Jahrhunderts aus: Bequemlichkeit, Artigkeit, Rechtspflege, Sicherheit. In dem Reisetagebuch, dem ich diese Ausführung entnehme, kommt Montaigne wiederholt zurück auf die vorzügliche Einrichtung und Führung der deutschen Gasthäuser, namentlich im Vergleich zu den entsetzlichen Zuständen in Frankreich. Auch von der Höflichkeit erzählt er manches Beispiel; bisweilen wird sie ihm sogar lästig, wie z. B. die Sitte, die uns Westländern heute noch auffällt und die, wie wir hier erfahren, schon damals herrschte, diejenige Person, der man Ehre erweisen will, stets rechts gehen zu lassen, damit – so wurde dem Chevalier erklärt – der Betreffende jeden Augenblick unbehindert nach dem Degen greifen könne, wozu aber gerade in Deutschland keine Veranlassung vorlag. Äußerlich steht also Deutschland damals in Bezug auf Sitten, Anstand und Lebensart mindestens eben so hoch wie Frankreich, vielleicht höher; nicht minder aber innerlich. Denn Recht und Gerechtigkeit bilden doch mit der Sicherheit der Person und des Besitzes die Grundlagen zu jeder höheren Civilisation und Kultur; wenn also Deutschland sich hierin auszeichnet, so wird damit gesagt, es sei damals das menschenwürdigste Land Europas gewesen. Gleich bei

Bozen und Trient sehnt sich Montaigne zurück nach »der Anmut deutscher Städte«, und bald hat er in Rom die Gelegenheit, eine andere Auffassung der Sicherheit der Person kennen zu lernen, wo – so erzählt er – Papst und Kardinale, trotz dem amtlich bestellten »Vorschmecker«, den Wein des heiligen Abendmahls nicht anders als vermittelst besonders konstruierter goldener Röhren trinken, um der beständigen Gefahr der Vergiftung nach Möglichkeit vorzubeugen!

Nun geschah das Entsetzliche: der Dreißigjährige Krieg. Die Anmut deutscher Städte war dahin! Wer hat diese Katastrophe verschuldet? Man greift nicht tief genug, wenn man nur von einem Krieg der Konfessionen spricht; es mischt sich noch manches Andere hinein; wischt man eine Unmenge politischen Nebenwerks beiseite, so bleibt als Grundstimmung ein Krieg zwischen dem echt Deutschen und dem unecht Deutschen; nur entdeckt sich dann gleich, daß man nicht mit 30 Jahren und dem künstlichen Friedensschluß auskommt, vielmehr der Krieg mit Unterbrechungen zweieinhalb Jahrhunderte dauert und erst 1866 endet, als der lebengebende Mittelpunkt ins alte echte Land, von wo das Deutschtum ausgegangen war, nämlich nach Norden, zurückverlegt wurde. Wer sinnend diese ganze Zeit an sich vorüberziehen läßt, von bald nach der gemütlichen Reise Montaigne's – der beide christlichen Konfessionen noch in vollkommener Harmonie mit einander lebend fand und Mischehen täglich in Augsburg schließen sah – bis zu dem Augenblick, wo Bismarck Hand ans Werk legte, wird staunen über die göttliche Leitung, dank welcher aus dem scheinbar Chaotischen dennoch sinnvolle, in einander wirkende Folgen hervorgingen, und Schritt für Schritt das Zertrümmerte und Aufgelöste sich wieder sammelte, wieder verband, von neuem an Stoff und Kraft wuchs, neue Organisation einging, aus Frieden und aus Krieg, aus Sieg und aus Niederlage stets Vorteile für die äußere und innere Weiterentwtckelung gewann, bis zuletzt die große, bewunderungswürdig mannigfaltige, an materiellem und an geistigem Gute unvergleichlich reiche, an Spannkraft alle anderen übertreffende, herrliche Nation dastand. So gelangen wir dazu, den unheilvollen Dreißigjährigen Krieg, der Deutschland fast vernichtete, als nur eine Episode in einem Prozeß der Klärung, der Gesundung, der Läuterung zu betrachten, als eine notwendige Umbildung entgegen einer neuen, neue Formen beanspruchenden Zeit, ein Vorgang, der nur darum schließlich zum Heil führte, weil Deutschland während dieser langen Prüfungszeit sich in den verborgenen Tiefen seines Wesens treu blieb und somit rein. Nichts zugleich Rührenderes und Erhabeneres wüßte ich in der Geschichte der Menschheit zu nennen, als die Entwickelung der rein idealen Kunst der Musik zu ihrer höchsten Vollendung durch die Thüringerfamilie der Bach mitten unter allen Sünden und Greueln dieser entsetzlichen Epoche. Richard Wagner, der in seinem »Was ist deutsch?« auf diesen Tatbestand zuerst aufmerksam gemacht hat, sagt von Johann Sebastian: »An Bach lernen wir begreifen, was der deutsche Geist in Wahrheit ist, wo er weilte, und wie er rastlos sich neu gestaltete, während er gänzlich aus der Welt entschwunden schien.« Kein anderes Volk besitzt irgend etwas Ähnliches – nicht allein nichts Bach Ähnliches, sondern nichts diesem großen zweiundeinhalb Jahrhunderte währenden Läuterungsprozeß Ähnliches, dieser stillen Gestaltung und Umgestaltung der Seele in verborgenen Tiefen. Und die Folge ist, daß Deutschland heute unter den alten Nationen als die einzige junge dasteht; es hat eine Wiedergeburt erlebt, es allein; seine klassische Poesie und Prosa, seine erhabenste Musik, seine Formvollendung des Dramas entstehen an der Schwelle des 19. Jahrhunderts oder im 19. Jahrhundert; sie gehören uns lebendem Geschlechte an, als eine das Rauhe jeder Gegenwart und das Triviale jegliches Tagtäglichen idealisierende Gewalt; wogegen die englischen und französischen Werke gleicher Würde Jahrhunderte zurückliegen, Zeugen einer entschwundenen Welt. Und zugleich – dies ist mindestens ebenso beachtenswert – hat sich Deutschland allein aus der vorübergegangenen mittleren Zeit, nebst geistigen Schätzen aller Art, auch politische Gebilde lebendig hinübergerettet, die sonst allerorten zugunsten öder, abstrakter Einheit entschwunden sind. So geht denn Deutschland aus der langen schweren Prüfung reich an Neuem und reich an Altem hervor; einzig.

Ohne Frage hängt die Unfähigkeit der heutigen Menschen, für Deutschland und deutsches Wesen Verständnis und Liebe zu gewinnen, mit den genannten Vorgängen zusammen. Von dem alten Deutschland, das Montaigne so liebte, wissen sie nichts, das neue Deutschland sind sie zu veraltet – benutzen wir das beliebte Wort einmal richtig, sind sie zu »barbarisch« – um es begreifen zu können; denn diese zänkischen Greise, die an morschen Krücken abstrakter »Freiheit« und »Gleichheit« gehen, begreifen es nicht, daß Freiheit nur durch Aufopferung der persönlichen Willkür, und Gleichheit nur in der allgemeinen Unterordnung Aller unter ein gemeinsames Ziel gewonnen wird, nicht dadurch, daß – wie auf Haiti – jeder Soldat Feldmarschall ist. Sie sind stecken geblieben bei Vorstellungen des 17. und 18. Jahrhunderts, also einer Zeit, wo sich Deutschland selbst nicht kannte, wo Deutschland als moralische Einheit dem Auge entschwunden war und ein Chaos darstellte; diesem Deutschland gilt ihre Sehnsucht, dieses Deutschland möchten sie gar zu gern wieder entstehen sehen. Man wußte nicht, sollte man den Kaiser »deutscher Nation«, der aber nicht deutscher Nation war, für den Mittelpunkt halten? Das Eine aber wußte man, daß der Preußenkönig, der gegen die kaiserliche Gewalt Krieg führte, gewiß kein »Deutscher« sein konnte! Schließlich war dann zwischen «Autrichien» und «Prussien» der Begriff «Allemand» so ziemlich ganz aus der Welt entschwunden; man redete kaum mehr von einem »Deutschland«. Ohne Frage liegt die Hauptschuld des heutigen Reiches in den Augen seiner Feinde, zugleich die Hauptveranlassung für den Haß, der so manche treue deutsche Seele betrübt, in nichts Andrem begründet als darin, daß Deutschland überhaupt existiert. Es war so furchtbar bequem für England und Frankreich, mit keinem Deutschland als irgendwie festem, dauerndem Faktor rechnen zu müssen. Napoleon ging damit um wie ein Koch mit seiner Gelee, die er nach Belieben zerteilen und zusammenfügen kann; und nun auf einmal war es keine Gelee mehr, sondern eine stahlharte Tatsache, die absolut nicht aus dem Wege zu räumen war. Statt Gallert Generalstab: das war bitter. Das gemütliche Deutschland, das die Schlachten für England geschlagen hatte, um dann dem selben England am Wiener Kongreß als Fußschemel zu dienen, war dahin; ein äußerst ungemütliches Deutschland stellte die stärkste Armee der Welt ins Feld und ging daran, sich eine entsprechende Flotte zu bauen. Nach dem berühmten Spruch *tout comprendre c'est tout pardonner* überkommt mich etwas wie Mitleid jetzt mit dem edlen Lord, den wir vorhin zu Grabe trugen, der Deutschland ohne Militarismus zu lieben vorgab! Und kein Mensch wußte – auch heute weiß kein Mensch unter den Liebelosen – wie das mit der Umwandlung zugegangen war. Es schmeckte stark nach Teufelswerk. Von dem großen Friedrich – einem der herrlichsten Menschen der Weltgeschichte – steht bei allen englischen Geschichtsschreibern fest (so erzählt Carlyle), er sei ein »Räuber« und ein »Bösewicht« gewesen: von diesen zwei Postulaten aus schreiten sie zu weiterem Verständnis. Das bleibt fortan der Ton für Alle, die in irgend einem Maße an der Verwandlung von Gallert in Generalstab beteiligt sind. Bismarck – dessen Größe nicht zum wenigsten in seiner gigantischen Aufrichtigkeit wurzelt – wird kaum je von der »Times« erwähnt, ohne die hinzugefügte Bezeichnung »Fälscher« oder aber den schauererregenden Beisatz »Mann von Blut und Eisen«, so das schöne tiefe Wort Bismarck's entstellend und eine doppelte Perfidie ausübend. In Allem dem spricht sich Mißgunst, Neid, Eifersucht, ohnmächtige Wut aus; es wäre aber irrig, irgend eine historische Begründung dieses Hasses zu suchen; kein einziges Mal im Laufe der Weltgeschichte hat Deutschland England etwas angethan; nein, nicht die Vergangenheit, sondern die Gegenwart ist es, die Deutschland zum Verbrechen angerechnet wird: die Tatsache, daß es aus dem Nichts, wozu es hinabgesunken zu sein schien – äußerlich betrachtet schien, denn auf Kunst, Philosophie und Wissenschaft achten Politiker nicht – daß es, sage ich, aus dem Nichts, wozu es hinabgesunken zu sein schien, nun plötzlich ein so gewaltiges Etwas geworden ist – gewaltig an Schlagkraft, gewaltig an Schaffenskraft, gewaltig an Erfindung, an Fleiß, an Verstand, an Unternehmungsgeist, an Erfolg, schließlich auch – das Unerhörteste – an Geldmitteln. Dieses Deutschland überhaupt – nicht bloß den angeblichen Militarismus – hassen namentlich die Engländer,und »hassen« heißt in seiner ursprünglichen Bedeutung Hetzen, zu Tode jagen.

Vielleicht stellen sich die Meisten nicht vor, wie fern der Begriff eines irgendwie ernst zu nehmenden politischen Deutschland aus den Augen der Westeuropäer entschwunden war. Deutschland galt ihnen hauptsächlich als ein harmloses Land, wohin man in dem behäbigen Alter, wo Gicht- und Leberleiden sich einstellen, Brunnen trinken ging. Ich erinnere mich, als wie von gestern, der Schilderungen, die man mir als Kind von Deutschland gab: vor jedem Hause stünde ein Misthaufen, und auf dem Misthaufen säßen barfüßige, halbverhungerte, halbnackte Knaben und läsen Schiller. Noch im Jahre 1889, auf dem Eifelturm, kaufte ich ein feilgebotenes französisches Reiseführerbüchlein, in welchem zu lesen stand: die

Stadt Köln sei berühmt wegen ihres Doms und *«pour les sources odoriférantes qui y coulent»*; so sicher war man, der Deutsche sei unfähig, irgend etwas anzufertigen, daß man selbst unser liebes Kölnisches Wasser dem Boden als Brunnen entquillen ließ! Doch, Spaß beiseite, man frage bei Gelehrten an, z. B. bei den französischen Enzyklopädisten und ihren Zeitgenossen; man wird bald gewahr werden, wie blaß ihnen die Vorstellung Deutschland war. In der großen *«Encyclopedie»* beansprucht das Wort *«Allemagne»* knapp eine halbe Spalte, und die Hälfte dieser halben Spalte ist einem neuen Handelsvertrag mit der Türkei gewidmet! In Diderot, Bayle, Rousseau dürfte das Wort kaum vorkommen. Dem alten lynxäugigen Voltaire dämmert hie und da eine mögliche bedrohliche Zukunft. Nach der Schilderung der zweiten, planmäßigen Verwüstung der ganzen Pfalz im Jahre 1689, warnt er die Franzosen, wenn einmal die Deutschen sich besinnen sollten, würden sie im Stande sein, eine weit größere Armee als die französische zu stellen, zugleich eine besser disziplinierte und von größerer Ausdauer. Öfters spottet er über die Methode der Engländer, statt mit Soldaten, mit Bestechungen und Geldsubsidien zu kämpfen, und wenn schon, dann mit fremden Söldnern. Dann wieder, in einem prophetischen Augenblick, geht es ihm auf, welche Macht in Deutschland erstehen könnte, *«si jamais ce vaste pays pouvait être réuni sous un seul chef»*, wenn je der Tag käme, wo das ganze Land einem einzigen Kriegsherrn gehorchte. Dagegen bekommt man an keiner einzigen mir bekannten Stelle den Eindruck, als besitze Voltaire eine Ahnung von dem, was Deutschland als Volk, als Seele unterscheide und auszeichne, wie das doch dem *Chevalier de Montaigne* nach kurzem Aufenthalt so innig wohltuend aufgegangen war. Er begreift eben nicht, wie aus dem trümmerhaften Chaos, das damals Deutschland hieß, je ein Volk sollte gemacht werden können. Einmal, in einem Brief an Friedrich, den ich augenblicklich nicht auffinden und deswegen nicht wörtlich anführen kann, spricht er verwundert über den Unterschied zwischen Nord und Süd: wie doch in Preußen sich Intelligenz und Charakter gewaltig hervortun, während Süddeutschland in einem Sumpf von stupidem Aberglauben rettungslos dem Erstickungstod anheimgegeben scheine. Wer hätte denn voraussehen können, daß es dem Norden gelingen würde, den Süden aufzurütteln, ja, daß wir im 20. Jahrhundert das großartige Schauspiel erleben würden, ein Gesamtdeutschland, von der Nordsee bis zur Adria, von den Vogesen bis zu den Karpathen Schulter an Schulter kämpfen zu sehen? Wenn sich Eduard VII., der tückische Ränkeschmied, nur hätte träumen können, wozu die Vorsehung ihn und seine Bosheit brauchte! zu welchem hohen Werke des Zusammenschmiedens »in Blut und Eisen«!

Liebt der Fremde Deutschland nicht, so kommt das also daher, daß er es nicht kennt, und er lernt es nicht kennen, weil frühere Vorstellungen hindernd im Wege stehen. Hier verdient aber bemerkt zu werden: Deutschland hatte sich selber lange Zeit vergessen und erwacht jetzt erst allmählich zur wahren Besinnung über sich. Ja, ich wage noch mehr zu behaupten: lösche ich den jetzigen Augenblick aus dem Sinne, der die gesamte Bevölkerung gesteigert und verklärt zeigt, der alles Beste wachgerufen und alles Unzulängliche in Tiefen versenkt hat, kehre ich in Gedanken in das gewöhnliche tagtägliche Leben zurück, so finde ich gar manche Deutsche, die Deutschland – das heutige Deutschland – nicht richtig kennen und daher auch nicht richtig lieben; ich will in keiner Weise zu verstehen geben, sie seien nicht gute Patrioten, nein, aber sie mäkeln und nörgeln an Allem und Jedem, sind engherzig und kurzsichtig, und von ihrem deutschen Standpunkt aus fast eben so wenig mit dem neuen Deutschland zufrieden wie die Ausländer von dem ihrigen. Die Politik Deutschlands seit 1870 und namentlich seitdem der »neue Kurs« eingeschlagen wurde, kann nicht vom Kirchturm des einheimischen Dorfes aus übersehen werden; der weltgeschichtliche Blick muß geübt werden. In diese saure Stimmung – bitter zu heißen verdient sie nicht – mischt sich manche Sehnsucht nach vergangenen Zeiten und Umständen, sowie ein krankhafter Sentimentalismus, der nicht ein echtes Erzeugnis deutschen Lebens und Empfindens ist; man zieht nicht ungestraft ein Gift wie die Poesie von Heine groß, an der Geschlechter von Jünglingen und Mädchen gekrankt haben und noch kranken. Und dieses Gift saugen nun diejenigen Auslander ein, die einige Monate oder Jahre in Deutschland, zu ihrer Ausbildung weilen, wo sie wahrhaftig hätten Besseres erfahren und lernen können. Es ist gar nicht wahr, daß die echten Dichter und Denker Deutschlands auf der einen Seite stehen, die Soldaten und die Leute des praktischen Lebens auf der anderen, als zwei entgegengesetzte und gegnerische Verkörperungen des

Deutschtums. Mit fliegender Fahne eilt der deutsche Dichter seinem
Volke voran:

Es wär' ein eitel und vergeblich Wagen,
Zu fallen ins bewegte Rad der Zeit;
Geflügelt fort entführen es die Stunden,
Das Neue kommt, das Alte ist verschwunden!

Und was die Soldaten anbetrifft, so erfuhr ich neulich von einem
Verleger, Goethe's Faust sei in den westlichen Grenzstädten gänzlich ausverkauft gewesen, in allen Ausgaben: kein Buch ist so viel in
den Krieg mitgenommen worden! Die deutschen Dichter haben
diese sie ehrende Soldatenliebe verdient. Abgesehen von Erscheinungen wie Kleist, Theodor Körner, Ernst Moritz Arndt, ist für die
größten deutschen Künstler die Betonung des Deutschtums, die
Sehnsucht, es mächtig zu sehen, in einer Weise bezeichnend, daß
mir Ähnliches aus anderen Litteraturen nicht bekannt ist; daß ihre
Aussprüche nicht dem Augenblick gelten wie diejenigen der Dichter der Freiheitskriege, macht sie nur um so bedeutungsvoller. Nach
Waterloo jubelt Beethoven, daß die deutsche Nation »wieder kraft-
voll dastehe«, und gewiß verdient es Beachtung, wenn ein solcher
Mann bekennt: »Kraft ist die Moral der Menschen, die sich vor andern auszeichnen; sie ist auch die meine.« Auch Schiller singt:

Nur der Starke wird das Schicksal zwingen!

Er, der Geschichtskenner, dichtet sogar die bekannte Strophe, die
von heute sein könnte:

Seine Handelsflotten streckt der Brite
Gierig wie Polypenarme aus,
Und das Reich der freien Amphitrite
Will er schließen, wie sein eignes Haus.

Schiller weiß genau, wie man sieht, daß England der selbstsüchti-
ge Tyrann ist, der Alles für sich allein will und keinem Andern etwas gönnt. In dieser Überzeugung stimmte Goethe, wie wir wissen,
mit ihm überein; er schätzte vieles an den Engländern sehr hoch,
namentlich am einzelnen Engländer, doch politisch hielt er sie für

ein Volk von herzlosen Krämern, wie aus fünfzig Sprüchen zu belegen wäre und wofür ich hier nur auf das Citat über den Sklavenhandel im Aufsatz »England«, S. 58 fg., zurückverweisen will. Einen dauerhaften Frieden erwartete Goethe nur von einem starken Deutschland:

Und gedächte Jeder wie ich, so stünde die Macht auf
Gegen die Macht, und wir erfreuten uns Alle des Friedens.

Diese Worte könnten für den heutigen Krieg geschrieben sein: Deutschlands während 44 Jahren bis an – vielleicht bis über – die Grenze des Statthaften unverbrüchlich bewährtes »Wollen« des Friedens, hat nicht hingereicht, ihn zu erhalten; gerade den Frieden kann einzig die Übermacht Deutschlands erzwingen, des einzigen Landes Europas, das ernstlich Frieden will. Auch wie diese Macht zu schaffen sei, weiß Goethe genau:

Zusammen haltet euren Wert
Und euch ist niemand gleich.

Und die Worte, die er für 1815 schrieb, werden – so Gott will – eine ungleich höhere Geltung für 1915 besitzen:

So rissen wir uns ringsherum
Von fremden Banden los,
Nun sind wir Deutsche wiederum,
Nun sind wir wieder groß!
So waren wir und sind es auch
Das edelste Geschlecht,
Von biederm Sinn und reinem Hauch
Und in der Taten Recht!

Der »reine Hauch« ist die Wahrhaftigkeit, die auch jetzt wieder so auffällt mitten in dem Höllenraketenschwarm von Lügen über Lügen; »der Taten, Recht« ist die strenge Rechtlichkeit der ganzen Politik Deutschlands. Dabei eignet Goethe nicht eine Spur Sentimentalität; im August 1815 antwortet er auf eine etwas wehleidige Schilderung: »Was für Übel den Franzosen begegnen mag, so gönnt man es ihnen von Grund des Herzens!« Das ist doch ein andrer

Goethe als die schwächliche Karikatur, die man sich im Auslande, leider auch nicht selten im Inlande, von ihm macht. Überhaupt, wollen Deutsche sich selbst kennen lernen – und das ist doch der erste Schritt zur Liebe – so wäre Manchen von ihnen vor allem eine weit eingehendere Beschäftigung mit Goethe zu empfehlen; ich könnte Beispiele einer haarsträubenden Unkenntnis bei sonst sehr gebildeten Menschen nennen; solche Dinge sind aber geradezu ein Verbrechen am Nationalleben, eine Geringschätzung der höchsten Gaben Gottes. Welches Volk hat je einen solchen Mann wie Goethe besessen? Einen so unerschöpflichen Dichter, einen so unergründlichen Denker, einen so prächtig festen, tüchtigen, pflichttreuen Arbeiter?

Und was kann gräßlicher dem Edlen heißen,
Als ein Entschluß, der Pflicht sich zu entreißen!

Die Weisheit stießt aus seinem Munde wie aus einem ewig sprudelnden Quell, Jedem zugänglich, Jedem zuträglich, Jeden fördernd, bessernd, adelnd. In der Gestalt dieses Mannes lernt man das noch so wenig bekannte, wiedergeborene, neue Deutschland in seiner edelsten Verkörperung kennen: zugleich human und unerbittlich streng, weltumfassend weitherzig und fest in dem Vaterland des »edelsten Geschlechts« verwurzelt, demokratischer Gleichheit von Jugend auf bis ins letzte Alter huldigend und nichtsdestoweniger der aufopfernd treue Diener eines Fürsten, von jeglichem Kirchenzwang vollkommen frei und doch in Ehrfurcht und ahnendem Glauben tief religiös; Poet, Maler, begeisterter Freund der Tonkunst, nicht weniger leidenschaftlich aber gewidmet der Naturwissenschaft, der Technik, der Manufaktur, den industriellen und Handelsfragen; früher als wohl irgend ein Mensch hat der schon 1832 gestorbene Goethe die Umwandlung der Welt durch Eisenbahn und Telegraph vorausgesagt, denn immer vorwärts eilte sein Geist in der Jugendfreude des erst erwachenden Deutschland. So wurde gleich in der ersten Dämmerungsstunde des neuen mächtigen Reiches auch das neue Menschenideal vor uns aufgestellt: der vollkommene deutsche Mann. Denn ich wiederhole es: das alte Deutschland – das Deutschland Walther's von der Vogelweide – ist zwar noch vorhanden, es ist aber ein neues Deutschland geworden; sonst lebte es ja nicht, oder lebte nur als zahnloser, zitternder Greis;

hingegen es aus dem Scheintode als der jüngste, lebensfähigste aller Staaten der Welt hervorgegangen ist. Auch das wußte Goethe, wie er überhaupt Alles wußte:

Und Fürst und Volk und Volk und Fürst
Sind alle frisch und neu!
Wie du dich nun empfinden wirst
Nach eignem Sinne frei.

Darum nun – weil, trotz des den Nichtwiffenden täuschenden, halbmittelalterlichen Aufputzes, Alles in Deutschland erstaunlich »frisch und neu« ist, und weil es eines Insichversenkens bedarf, um sich im »eigenen Sinne«, nicht im überkommenen fremden, frei und heimisch zu empfinden – darum möchte ich jenem durch fremden Haß gekränkten Deutschen empfehlen, sich um Anderer Mißgunst und Haß nicht zu kümmern, sondern vorerst sich daran genügen zu lassen, sich selber besser kennen und richtiger lieben zu lernen. Sehr viel innere Kraft braucht Deutschland noch, um sich staatlich und auch gesellschaftlich eben so vollkommen zu organisieren, wie es dies militärisch bereits vollbracht hat; und da wird es noch geraume Zeit auf »Liebe« zu verzichten haben; denn was da politisch und sozial Alles wird geschehen müssen, das wird nicht nach dem Geschmack der weltweisen Leitartikel an der Thames, Seine, Newa, Tiber usw. sein; es wird noch vieles mißverstanden und viel über Deutschland geschimpft und gelogen werden; das ist nicht zu ändern. Wohltat, Anerkennung und Förderung, Schmeichelei, Selbstverleugnung – gleichviel ob an Einzelne oder an Staaten verschwendet – erzwingen nicht Liebe: wir sahen es bei einzelnen Künstlern, die Deutschland Alles verdanken, und wie viel weiter wäre Deutschland in Elsaß-Lothringen gekommen, wenn es sich nach Cromwell's Verfahren gegen Ulster gerichtet hätte und nicht nach schwächlichem Humanitarismus! Auch das Aufklären und Entschuldigen, die jetzt eifrig betrieben werden, halte ich nicht für zweckmäßig; man züchtet damit noch unverschämtere Frechheit; *qui s'excuse s'accuse* bleibt ewig wahr; man tue das Rechte und lasse die Leute reden. Wie schön wäre es gewesen, wenn die Deutschen, nach der kurzen Notifikation an Belgien, einfach dort hineinmarschiert wären: keine Anfrage in England, keine öffentliche Entschuldigung; der Eingeweihte wußte schon, was die ganze Welt heute weiß: es hätte sich Alles bald aufgeklärt, und die Wirkung wäre, bei vollkommener Wahrung der Würde, weit mächtiger gewesen; galt es doch nur eine neueste Erscheinung des alten Konfliktes, den Carlyle bezeichnet als den zwischen »*noble German veracity and obstinate Flemish cunning*«, edler deutscher Wahrheitsliebe und starrköpfiger flämischer Tücke. Ich wollte, die Deutschen könnten sich entschließen, zehn Jahre lang keine Zeile zu lesen von dem, was im Ausland über sie gedruckt wird; es wäre eine gewaltige Ersparnis an Zeit und Aufregung. Und inzwischen, an sich selbst arbeiten, sich selbst gründlicher kennen lernen, das viele dem deutschen Wesen Fremde, was sich in Deutschland noch breit macht, rücksichtslos ausscheiden, wirklich rein *Deutsch* werden. Das deutsche Herr ist eine rein deutsche Erfindung und Schöpfung, beseelt von rein deutschem Geiste; was Unedles oder Unechtes hineingerät, wird mit fortgerissen oder wird ausgeschieden. Möchte das Gleiche im staatlichen, sowie überhaupt im gesellschaftlichen, geistigen und künstlerischen Leben gelingen; möchte – um nur ein Beispiel zu nennen – die Stadt, die den Großen Generalstab beherbergt, nicht länger der Unterschlupf der krassesten Bauernfängerei und der würdelosesten Sittenverwilderung bleiben. Vergessen wir ja nicht Carlyle's Wort über »die Abscheu vor Menschenunwert«! Es bedarf dazu keiner Achtung, keines Wohlfahrtsausschusses; solche Mittel sind undeutsch; dagegen bedarf es einer tiefernsten Selbstbesinnung, bedarf es einer ebenso strengen Selbsterziehung des Geistes und des Geschmackes, wie das Heer sie dem Charakter zuteil werden läßt, gefolgt – wie es nicht anders möglich ist – von der unerbittlichen Ablehnung dessen, was dem reinen, hohen, deutschen Geiste fremd und widerlich ist. Plötzlich wird man dann entdecken, daß immer zahlreichere unter den Edlen und Weisen aller Länder dem Beispiel Montaigne's und Carlyle's folgen: daß sie nicht mehr von außenher und von obenher über Deutschland urteilen, sondern in Demut und Vertrauen seine Sprache und sein Wesen kennen lernen und darum auch Deutschland lieben. Die Liebe kommt nie aus der Richtung und zu der Zeit, woher und wann man sie erwartet; der himmlische Sämann geht seine eigenen Wege und will, daß wir das Beste von ihm erhalten. Wir Heutigen werden sie nicht mehr erleben, diese große Umwandlung aus Haß in Liebe; doch der Tag wird kommen: ich Ausländer verkündige ihn aus den Tiefen einer allseitig wohlbegründeten, unerschütterlichen Überzeugung.

Bayreuth, 21. Oktober

Über tredition

Eigenes Buch veröffentlichen

tredition wurde 2006 in Hamburg gegründet und hat seither mehrere tausend Buchtitel veröffentlicht. Autoren veröffentlichen in wenigen leichten Schritten gedruckte Bücher, e-Books und audio-Books. tredition hat das Ziel, die beste und fairste Veröffentlichungsmöglichkeit für Autoren zu bieten.

tredition wurde mit der Erkenntnis gegründet, dass nur etwa jedes 200. bei Verlagen eingereichte Manuskript veröffentlicht wird. Dabei hat jedes Buch seinen Markt, also seine Leser. tredition sorgt dafür, dass für jedes Buch die Leserschaft auch erreicht wird.

Im einzigartigen Literatur-Netzwerk von tredition bieten zahlreiche Literatur-Partner (das sind Lektoren, Übersetzer, Hörbuchsprecher und Illustratoren) ihre Dienstleistung an, um Manuskripte zu verbessern oder die Vielfalt zu erhöhen. Autoren vereinbaren direkt mit den Literatur-Partnern die Konditionen ihrer Zusammenarbeit und partizipieren gemeinsam am Erfolg des Buches.

Das gesamte Verlagsprogramm von tredition ist bei allen stationären Buchhandlungen und Online-Buchhändlern wie z. B. Amazon erhältlich. e-Books stehen bei den führenden Online-Portalen (z. B. iBookstore von Apple oder Kindle von Amazon) zum Verkauf.

Einfach leicht ein Buch veröffentlichen: **www.tredition.de**

Eigene Buchreihe oder eigenen Verlag gründen

Seit 2009 bietet tredition sein Verlagskonzept auch als sogenanntes "White-Label" an. Das bedeutet, dass andere Unternehmen, Institutionen und Personen risikofrei und unkompliziert selbst zum Herausgeber von Büchern und Buchreihen unter eigener Marke werden können. tredition übernimmt dabei das komplette Herstellungs- und Distributionsrisiko.

Zahlreiche Zeitschriften-, Zeitungs- und Buchverlage, Universitäten, Forschungseinrichtungen u.v.m. nutzen diese Dienstleistung von tredition, um unter eigener Marke ohne Risiko Bücher zu verlegen.

Alle Informationen im Internet: **www.tredition.de/fuer-verlage**

tredition wurde mit mehreren Innovationspreisen ausgezeichnet, u. a. mit dem Webfuture Award und dem Innovationspreis der Buch Digitale.

tredition ist Mitglied im Börsenverein des Deutschen Buchhandels.

Dieses Werk elektronisch lesen

Dieses Werk ist Teil der Gutenberg-DE Edition DVD. Diese enthält das komplette Archiv des Projekt Gutenberg-DE. Die DVD ist im Internet erhältlich auf **http://gutenbergshop.abc.de**

Zeitfracht Medien GmbH
Ferdinand-Jühlke-Straße 7
99095 Erfurt, Deutschland
produktsicherheit@kolibri360.de